AlgaR
EDITORIAL

1. NUEVO DIARIO DEL JOVEN MANIÁTICO. A. Macfarlane & A. McPherson
2. NUEVO DIARIO DE LA JOVEN MANIÁTICA. A. McPherson & A. Macfarlane
3. EL JUEGO DE PENSAR. Tobies Grimaltos
4. RUMBO A SINSENTIDO. Andrés Mínguez Gallego
5. DEVORARÉ BOLLYCAOS POR TI. Pasqual Alapont
6. ¿QUÉ TE PASA, NURIA? Glòria Llobet
7. ROSAS NEGRAS EN KOSOVO. Jesús Cortés
8. EL CENTRO DEL LABERINTO. Agustín Fernández Paz
9. RAQUEL. Isabel-Clara Simó
10. EL INFIERNO DE MARTA. Pasqual Alapont/Vicente Garrido
11. DANIEL Y LAS BRUJAS SALVAJES. Gabriel Janer Manila
12. UN HOGAR EN EL MUNDO. Pepa Guardiola
13. ÁNGELES EN TIEMPOS DE LLUVIA. Miguel Vázquez Freire
14. HIJOS DE UN AMOR IMPOSIBLE. Joan Pla
15. MANUSCRITO DE FRAY ORZA. Josep Franco
16. LA SONRISA DEL DIABLO. Jordi Sierra i Fabra
17. PIEL DE LOBO. Xosé Miranda
18. EL-JUEGO.COM. Gemma Lluch
19. SOLEDADES DE ANA. Jordi Sierra i Fabra
20. LA LLAVE MAESTRA. Xabier P. Docampo

TÍTULOS PUBLICADOS

Esta obra ha sido traducida con una ayuda de
la Consellería de Cultura, Comunicación Social e Turismo,
Dirección General de Promoción Cultural,
en la convocatoria de subvenciones para el año 2005.

Título original: *A chave das noces*

Traducción: *Mercedes Pacheco Vázquez, 2005*

Apartado de correos, 225
46600 - Alzira
www.algareditorial.com
Cubierta: *Julia Navarro*
Impresión: *Romanyà - Valls*

1ª edición: *abril, 2005*
ISBN: *84-95722-80-1*
DL: *B-16612-2005*

FOTOCOPIAR LIBROS NO ES LEGAL

QUALIFOR FSC
LIBRO AMIGO DE LOS BOSQUES

La llave maestra

XABIER P. DOCAMPO

Traducción de Mercedes Pacheco

AlgaR EDITORIAL

A A. Ventura,
amigo de todas las horas

I

El ascensor bajaba hasta el garaje. Cuando paró, Mauro empujó la puerta y, en el momento de salir, un fuerte golpe en pleno rostro lo mandó otra vez para dentro de la cabina del ascensor hasta chocar violentamente con la espalda en la pared metálica del fondo. El intenso dolor le hizo cerrar los ojos e inmediatamente sintió que alguien lo cogía por las solapas y lo arrastraba hacia fuera. Al mismo tiempo notó el contacto de un objeto frío debajo de su barbilla y abrió los ojos. Un cuchillo que serviría eficazmente para cortar la cabeza de un becerro de un solo tajo, sostenido por un hombre que le pareció conocido, se apoyaba en su cuello.

El hombre tiró de él para separarlo de la puerta y lo empujó contra la pared. Acercó mucho su rostro al del muchacho, soltándole una bocanada de aliento que apestaba a aguardiente, y aumentó ligeramente la presión del cuchillo contra la garganta.

–Mira qué bien te tengo ahora para hacerte pagar por todas las que me llevas hechas con tu insistencia en jugar a los juegos de los hombres –dijo el del cuchillo.

Mauro pensó que en aquella situación era imprescindible mantener la calma. Cualquier cosa que pudiese poner nervioso a aquel tipo podía ser el motivo necesario para que se decidiera a clavarle el cuchillo hasta que le saliese por la nuca.

–Me tienes, me tienes –le dijo Mauro–. ¿Qué es lo que quieres?

–Primero, quiero ver cómo te cagas de miedo aquí, delante de mí, así cara a cara, no como tú que te escondes por detrás de los coches para hacerle desde lejos fotos a la gente sin que te puedan ver.

Esto fue suficiente para que Mauro recordase de quién se trataba. Aquel hombre era Xesús Soleira, ex empleado de un almacén de maquinaria agrícola. El dueño de la industria sospechaba que alguien le robaba mercancía y buscó la manera de investigar los robos.

Mauro entró a trabajar en el almacén y enseguida descubrió al ladrón, lo siguió un par de días y consiguió hacerle unas fotos cuando estaba vendiendo en una chatarrería unas piezas robadas en el almacén. Con sólo mostrárselas Soleira abandonó voluntariamente el trabajo dejando el finiquito para compensar los robos.

–Estaba haciendo mi trabajo. No las hagas, no las temas.

–Déjate de refranes que no estás en situación de filosofías baratas. Yo me quedé en la calle, pero tú ahora mismo no estás en mejor situación. Me las vas a pagar todas juntas porque te voy a rajar. Te presentaste como un compañero para que me confiase y resulta que trabajabas para el patrón. ¡Traidor!

Al pronunciar esta última palabra el hombre intentó pegar a Mauro en la cara con el antebrazo. El muchacho aprovechó este alejamiento del cuchillo para darle un fuerte golpe con la rodilla en la entrepierna. El individuo gritó al tiempo que se doblaba llevándose las manos a la parte dolorida. Un derechazo a la cara lo tiró por el suelo del garaje hasta golpearse con un coche. El agresor cogió aire y se lanzó con el cuchillo por delante contra Mauro, que ya lo esperaba con todo el peso de su cuerpo apoyado en la pierna derecha. Cuando lo tuvo cerca, hizo un quiebro al cambiar el peso del cuerpo a la otra pierna mientras le lanzaba una patada a la mano en la que traía el cuchillo, que voló por el garaje para ir a estrellarse en el techo de un coche.

El tipo se repuso de la sorpresa y le dio al muchacho un zurdazo en el hígado, Mauro abrió la boca desmesuradamente al tiempo que caía para atrás. Soleira se abalanzó sobre él, pero ya lo esperaban las piernas flexionadas de Mauro, que lo lanzaron de nuevo por el aire hasta chocar con la espalda en el mismo coche de antes.

El dolor enfureció a Soleira, que salió lanzado contra Mauro como impulsado por un cohete. El vuelo fue tan largo, que cuando aterrizó ya lo hizo directamente sobre el cemento del suelo. Se dio la vuelta justo cuando ya venía por el aire la pierna de Mauro y el zapato impactó en la boca del hombre, que volvió a gritar. Se puso de pie con una rapidez impensable en quien acaba de recibir semejante patada y arremetió contra Mauro clavándole la cabeza en el estómago. La boca resultaba un agujero pequeño para atender las necesidades de aire que sintió el joven. Más que caer, se dejó ir para tener tiempo de recuperarse. Cuando estuvo en el suelo su mano derecha se encontró con una botella de cerveza vacía, que seguramente alguien había dejado allí después de echar agua al circuito de refrigeración del coche. Xesús Soleira ya venía corriendo hacia Mauro, que se puso de pie como un relámpago y comenzó un giro hacia atrás, abriendo al mismo tiempo el brazo que blandía la botella que fue a dar en la boca del hombre. El alarido llenó el garaje entero. Soleira cayó escupiendo dientes y trozos de cristal y quedó en el suelo totalmente inmóvil.

El muchacho cogió aire de nuevo. Montó en su moto y salió del garaje acelerando fuertemente.

Cuando Mauro llegó a la agencia allí sólo estaba Micha, la mujer que hacía de secretaria del viejo, aunque en realidad no tenía una función definida, su trabajo consistía en hacer todo aquello que ni el viejo ni el propio Mauro hacían.

Estaba ordenando todos los papeles que habían ido quedando encima de las mesas a lo largo de la semana anterior, los que todos habían manejado con el acierto de dejarlos siempre fuera de su sitio, como para demostrarle al azar que no era capaz de acertar ni una sola vez.

–¡Jesús! ¿Pero a ti qué te ha pasado? –exclamó Micha asustada al ver cómo venía Mauro.

–Nada, no te apures que no ha sido nada. En este oficio siempre hay alguien que no queda satisfecho del trabajo, pero mi agresor está mucho peor –respondió entrando en el cuarto de baño para recomponer un poco su apariencia.

–¿Todavía no ha llegado el viejo? –preguntó al salir, ya restaurados casi por completo los desaliños de la pelea.

–No ha llegado. Pero cualquier día te va a poner en la calle de una patada en el culo como te escuche llamarle viejo. Ya sabes que no le gusta.

–Pues cuanto más tiempo pasa, más viejo se va haciendo, así que va a tener que ir acostumbrándose. Vamos a lo nuestro. El tío de marras no tiene ninguna querindanga, pasa las noches metido en un tugurio de mala muerte que hay en la carretera que sube al monte Dónigas, supongo que dándole al naipe porque no hubo forma de que los dos tíos que hay en la entrada, que son como dos armarios de cuatro puertas, tanto por el tamaño como por la incapacidad de utilizar el lenguaje oral, me dejasen meter las narices.

–Y me lo cuentas a mí en vez de contárselo a él, así cuando venga me dirá que redacte el informe con los datos que me des. ¿No tendrás también tú cierta incapacidad para el lenguaje escrito?

–No. Y te lo voy a demostrar haciendo un informe de gastos que te sorprenderá, por la ortografía y por la sintaxis, ya verás...

Mauro se sentó delante de la máquina de escribir y puso en ella un papel en blanco. Comenzó a teclear.

Así seguía cuando entró por la puerta Nacho; era el dueño de la agencia, un hombre de unos cuarenta y cinco años que de joven había sido muy popular en la ciudad por su presencia en todos los acontecimientos públicos, en los que siempre aparecía de tal guisa que habría de llamar la atención. Resultaban especialmente conocidos sus originales disfraces de Carnaval, época en la que recorría la ciudad entera sin hablar con nadie vistiendo trajes confeccionados con los más curiosos materiales: vitolas de puros, sellos de correos, cajas de cerillas, grelos, etc., sin que nunca en ningún momento fuese objeto de represión por parte de nadie; era algo así como un componente arquitectónico de la ciudad que todos aceptaban.

Una gran parte de la popularidad de Nacho se debía a su peculiar cara, en la que destacaba la casi total ausencia de nariz, de ahí el apodo de Nacho por el que todos lo llamaban desde que comenzó a ser reconocido por la calle.

Inexplicablemente, y después de los más variados fracasos en los estudios de diversas profesiones y oficios, acabó haciéndose detective privado y, no contento con el desatino de que un personaje a quien conocía toda la ciudad se dedicase a la profesión para la que se supone que es más necesaria la discreción, alquiló un entresuelo y debajo de las ventanas hizo instalar un gran letrero que decía: DETECTIVES NACHO, cuando, aunque en la ciudad existen más personas con la nariz pequeña, Nacho sólo hay uno: Delfino Filgueira, que es su verdadero nombre.

Todas estas cosas no debían de tener ninguna importancia para Nacho, porque para cumplir con el papel que la nueva profesión le deparaba, adoptó la decisión de usar unas gafas de sol que nunca se quitaba y que, dado el problema que le causaba su escaso apéndice nasal para que se le aguantasen delante de los ojos, amarraba por detrás de la nuca con una goma elástica; así confiaba en pasar inadvertido.

Nacho pasó por delante de la mesa en la que escribía Mauro, seguido de la mujer, y sin pararse le dijo que, en cuanto acabara, quería hablar con él.

Cuando Micha regresó, entró Mauro en el despacho del viejo; éste peleaba por hacer casar las cantidades escritas en una cinta de papel de la calculadora, con la lista de facturas que le iba a presentar a un cliente.

–Siéntate –dijo sin levantar la cabeza de los papeles.

Nacho comenzó a guardar los papeles dentro de la carpeta. La metió en un cajón de la mesa y miró al joven como si en aquel mismo momento se diese cuenta de su presencia.

–Ya me ha dicho Micha que el pollo ese pasa las noches metido en un antro en el que supones que hay buenas timbas. ¿Seguro que no tiene por ahí ningún lío como sospecha su mujer?

–Seguro que va allí todas las noches que no duerme en casa, no sé nada más.

–Está bien, dale a Micha todos los datos que no consten en el diario y que haga el informe. Ahora tengo dos asuntos para ti que puedes hacer simultáneamente o como te dé la gana, el caso es hacerlos bien y pronto.

–¿De qué se trata?

Nacho abrió un cajón de su mesa y sacó una carpeta marrón como la que acababa de guardar hacía un momento. La abrió y se la mostró a Mauro. Contenía la foto de una mujer como de unos treinta o treinta y cinco años, de pelo rubio y ojos oscuros. Cuando le hicieron el retrato sonreía con tristeza torciendo ligeramente la boca. En un formulario, que Nacho hacía de cada cliente, constaba que el marido se había presentado en la agencia pidiendo que la vigilasen porque desconfiaba de que le ponía los cuernos con alguien, ya que, desde hacía algún tiempo, la encontraba rara y esquiva –decía el formulario en el espacio reservado para observaciones del cliente–. Él pensaba que se veía con alguien por Os Campóns, zona del ensanche de la ciudad en la que la especulación inmobiliaria había conseguido meter cincuenta mil cuerpos en el espacio donde no cabrían más de diez mil.

–Tres días –dijo Mauro guardándose la foto en el bolsillo y devolviéndole la carpeta al viejo–. ¿Qué otra cosa tienes?

–Se trata de unos cobros...

–Ya sabes que no me gustan esos trabajos.

–Hay diez mil duros extras para ti, además de tu parte de siempre.

–Veinte mil –presionó Mauro.

–Quince mil duros y no se hable más –regateó Nacho dándole al muchacho un montón de facturas–. Una madre muy amorosa que le compra al hijo todo cuanto se le antoja, ahí encontrarás un equipo de vídeo completo con cámaras de medio kilo, magnetoscopios, antorchas, un ordenador acompañado de no sé qué cacharrería; en total en un año, un millón setecientas ochenta mil pesetas. Si quieres los quince mil duros sácale millón y medio.

Mauro salió de la agencia, cogió la moto y se fue directamente a la cafetería donde desayunaba algunos de los raros días que iba a la agencia a primera hora de la mañana.

Al verlo llegar, el camarero le hizo un gesto con la mano dándole a entender que lo atendería inmediatamente. Cogió el periódico que estaba en la barra y se sentó en una mesa. Al mismo tiempo que llegaba el camarero con la taza de café y un plato con un bollo, un chaval como de unos quince o dieciséis años se acercó a la mesa en la que estaba Mauro. Llevaba unos paquetes de pañuelos de papel en la mano. El recién llegado y el camarero se miraron con mutuo recelo, pero un gesto de Mauro frenó el impulso del camarero de echar fuera al joven, a la vez que le infundía a éste la confianza necesaria para ofrecer su mercancía al cliente. No le hizo falta decir ni una sola palabra para vender, porque Mauro se echó la mano al bolsillo y sacó una moneda que le ofreció diciendo:

–Dame un paquete, que creo que me acatarré.

–*Obrigado*[1] –dijo el muchacho cogiendo el dinero. Dio media vuelta y salió del bar.

Después de desayunar, Mauro se fue a dar una vuelta en la moto por la ciudad. Para él conducir era un placer suficiente como para que todos los problemas desapareciesen de su horizonte. Se sentía seguro de sí mismo con sólo pasar la pierna derecha por encima de la máquina y sentarse en ella, entonces se producía la transformación que lo convertía en una parte del todo indivisible que formaban hombre y cabalgadura. Paseando en la moto era cuando veía las cosas claras. Así decidía la forma de acometer los trabajos que el viejo le encomendaba.

Se paró en un semáforo que estaba en rojo. Los pies apoyados en el suelo aguantaban la moto, los dedos golpeaban tamborileando sobre el depósito del combustible, y desde el paseo, mirando para él, estaba el chaval que ofrecía

---

1. En portugués en el original. Significa 'gracias'. (N. de la T.)

los pañuelos de papel. La bocina del automóvil que estaba parado detrás lo avisó de que el semáforo había cambiado a verde. Embrague, cambio y acelerador en la secuencia debida hicieron salir a la motocicleta, casi encabritándose, por entre los dos autos que lo precedían.

Poco después aparcaba entre dos coches. Ató el casco y de la pequeña maleta sacó una carpeta con unos papeles que fue colocando mientras entraba en un portal. En el ascensor pulsó el botón del séptimo piso. Mientras subía se puso unas gafas oscuras y dio vuelta a la cazadora que de ser azul pasó a ser a rayas blancas y azules.

Cuando se abrió la puerta a la que había llamado, una cadena de seguridad impedía que pudiese ver más allá del rostro de la mujer rubia de la fotografía que le había entregado Nacho. La mujer preguntó qué deseaba.

–Perdone, señora, ¿usted tiene máquina de coser?

–Tengo, tengo, muchas gracias –respondió la mujer cerrando la puerta con rapidez.

Instalado en la barra de un bar no perdió de vista el portal hasta que la mujer rubia salió. Entonces se colocó detrás de ella, observándola a una distancia que hiciese discreto el seguimiento. Por el informe previo que había leído en la agencia sabía que iría a pie puesto que no conducía.

La mujer miró dos o tres veces para atrás, pero Mauro tenía la seguridad de que no se había percatado de su presencia. De todas formas, cuando se dio cuenta del camino que seguiría la mujer para dirigirse a Os Campóns, regresó al lugar donde había dejado la moto.

Enseguida llegó al semáforo donde había visto al vendedor de pañuelos de papel. Aparcó y se dirigió al muchacho.

–¡Tío! –le gritó Mauro haciéndole un gesto para que se acercase.

Aquél se aproximó sin dar muestras de desconfianza, pero sin pronunciar ni una sola palabra.

–¿Quieres ganar un talego con poco trabajo?

–Usted dirá lo que tengo que hacer.

–¿Cómo te llamas?

–Me llamo Henrique, señor.

–Mira Henrique, dentro de muy poco va a pasar por aquí esta tía –le explicó Mauro mostrándole la fotografía–. La sigues sin que se dé cuenta. Si entra en algún sitio, esperas hasta que salga. Y nada más. Hoy a las cinco volveré aquí, me cuentas todo cuanto hayas visto y el talego es para ti.

–De acuerdo, señor.

–Muy bien, me voy a poner allí enfrente, cuando la vea venir montaré en la moto y desde ese mismo momento la tía es toda tuya. Hasta luego.

–Hasta las cinco, señor.

–No me vuelvas a decir señor como si fueses mi criada –dijo separándose del muchacho.

Cuando vio venir de lejos a la rubia, esperó a que pasara por delante de él. Entonces se montó en la moto y arrancó.

Media hora después entraba en el aparcamiento de unos grandes almacenes. Subió a la planta de deportes. Anduvo un poco por allí, curioseando como un cliente cualquiera hasta que, en el momento en que le pareció oportuno, se acercó a una dependienta que estaba a sus espaldas.

–¡Inés! –dijo detrás de una muchacha de cabello castaño.

La dependienta se dio la vuelta y se encaró con Mauro. Tendría unos diecisiete o dieciocho años. Clavó sus ojos verdes en los de Mauro y apretó con fuerza los dientes. Los músculos de la mandíbula se le tensaron en un gesto de cierta dureza.

–¡Mauro! –exclamó seria–. Ya te he dicho que no vengas aquí. Me vas a meter en un lío.

–Trátame como a un cliente. Véndeme algo.

–Déjate de coñas, si el jefe de planta me ve hablando contigo me monta un cirio de mucho cuidado.

–Enséñame un mono de motociclista mientras hablamos.

Mauro buscó con la vista el lugar en el que estaban los artículos que acababa de nombrar. Los localizó y comenzó a andar hacia ellos. Inés fue detrás de él y cuando se pararon simuló que le mostraba alguna cosa.

–¿Por qué no has venido en todos estos días? –le preguntó Mauro.

–Eso lo sabes perfectamente. Ya sabes que quiero dejar pasar un tiempo para pensar en ciertas cosas.

–¿Qué cosas tienes que pensar? –inquirió el joven.

–Mira Mauro, tú vas de duro por la vida, allá tú. Pero si piensas que no tienes más que silbar y que Inés va a correr detrás de ti como una perrita faldera, estás equivocado.

–Ya veo, entonces ahora estás pensando a ver si te acostumbras a estar sin mí. Si es así, adiós que te vaya bien, Mauro –dijo Mauro levantando la voz.

–No grites.

–No grito. Lo que pasa es que me fastidia que desaparezcas sin decir nada. Supongo que todo se puede hablar, porque puede suceder que yo ya tenga las cosas pensadas y que no me acostumbre a estar sin ti.

–El encargado ya nos está mirando.

–No se te ocurra faltar... –el joven paró un momento de hablar para cambiar de tono–. Quiero decir que no faltes.

Inés lo acompañó hasta una caja donde intercambió una mirada con la muchacha que estaba allí y dio media vuelta para dirigirse a los clientes que tenía más cerca.

Cuando Mauro entró en el bar de Eusebio, había pocos parroquianos en él. Estaba situado en una de las estrechas calles que bajan al puerto y era una taberna de mala muerte de reducidísimas dimensiones a la que le habían puesto en la puerta un rimbombante letrero que decía: CAFETERÍA ESMERALDA DOS MARES, pero que no debía engañar a nadie, porque sólo la llamaban así en las cartas que le enviaban a Eusebio de Hacienda o del Ayuntamiento; el resto de la gente siempre le había llamado el bar de Eusebio y raro era el personal que entraba en él que no se tutease con el viejo Eusebio. Funcionaba como un club privado inglés, pero en cutre, porque quienes no eran clientes siempre acudían acompañados de un veterano que los presentase y avalase, de lo contrario corrían el riesgo de paralizar todas las conversaciones y concentrar sobre sí mismos la curiosidad de los socios de tan particular club.

Eusebio había sido marinero hasta los catorce años cuando un accidente a bordo le mutiló la mano derecha. Incapacitado para volver a navegar, Esmeralda, viuda de su padrino y conocida como *Esmeralda dos Mariñeiros*, lo recogió de ayudante en el bar. Con la muerte de la pendanga pasó a ser el dueño de la Esmeralda dos Mares. Ahora su bar era un lugar de reunión de una clientela fija que se turnaba rigurosamente en las estancias a causa de la inelasticidad del local.

Mauro se sentó encima de una de las dos únicas mesas que había y Eusebio le puso en el mostrador una jarra de cerveza.

–Hazme un bocata grande de pulpo –le pidió.

Mientras esperaba por lo que sería su comida, entró en el bar un chaval cojo de no más de quince años que se sentó a su lado.

–¡Hola colega! –dijo el recién llegado.

–¡Qué tal, Lurpio! ¿Qué traes?

–Tengo un pequeño televisor en color que para ti va que ni pintado.

–Ya me has pasado uno que cualquier día te lo pondré de sombrero.

–¿Qué le pasa?

–Pasa que si está encendido y se me ocurre tocar los mandos, me larga cada calambrazo que un día me voy a quedar pegado a él.

–Por diez talegos te lo cambio por éste –le dijo el cojo.

–Ni tengo los diez talegos, ni quiero más televisores.

–¿Y un vídeo?

–Puedes dar el mobiliario de mi casa por completado, así que toma una cerveza y no te esfuerces más.

–No es una cerveza lo que necesito ahora, pero te la voy a aceptar porque estoy sin un duro.

–¿Cuánto te falta? –le preguntó Mauro.

–En pasta casi todo, sólo tengo un talego. En tiempo puedo tirar bien hasta media tarde.

Mauro se echó la mano al bolsillo, sacó dos billetes de mil pesetas y le entregó uno al muchacho.

–Toma, yo también estoy casi limpio.

–Gracias colega –dijo Lurpio pillando la cerveza que le acababa de servir Eusebio y bebiendo un trago.

–¿Tienes algo que hacer alrededor de las cinco? –le preguntó Mauro.

–Lo mismo que haré a las cuatro y media y a las cinco y media, buscarme la vida.

–¿Por qué no me haces un favor?

–Venga, hecho.

–Te vas al cruce de la Ronda Vella con Ramón Leboiro, allí hay un chaval ofreciendo pañuelos de papel a los automovilistas, se llama Henrique, le dices que no puedo ir a la hora que quedamos, que esté allí hoy a las diez. Ninguna otra palabra y ninguna otra pregunta, que te conozco, Lurpio.

–Tranqui, colega, tranqui...

Mauro terminó su comida y se dispuso a salir. Como ocurría siempre, Eusebio le preguntó si no iba a tomar café y, al igual que la mayoría de los clientes, Mauro rechazó el ofrecimiento de tomar el aguachirle que Eusebio hacía con una absoluta ausencia de habilidad. No quería reconocer que era imbebible para cualquiera que conservara una mínima sensibilidad en las papilas gustativas.

Mientras tomaba café en una cafetería del centro de la ciudad, fue mirando una por una las facturas que le había dado Nacho. Le daba asco hacer aquellos trabajos. Incluso otras agencias no los querían, pero Delfino Filgueira aceptaba todo aquello a lo que se le podía ganar un duro. Para Mauro estos trabajos siempre suponían unos ingresos algo más sustanciosos y le permitían pagar puntualmente el alquiler del piso y las letras de la moto, las dos cosas en las que Mauro basaba la dignidad de la vida.

Si los datos que Nacho le había dado no eran falsos, a pesar de la gran cuantía de la deuda, la cosa no parecía difícil. Seguramente había varias maneras de hacer pagar a una madre tan amorosa.

Se presentó en el domicilio indicado y le abrió la puerta quien él supuso inmediatamente que sería la misma individua en cuestión. Era una mujer de mediana edad, con propensión a engordar y los cabellos teñidos de un rubio intenso. De todas formas era una mujer atractiva.

–Buenas tardes, señora.

–Buenas tardes, ¿qué desea? –respondió la mujer al saludo mientras sus manos aguantaban la puerta con fuerza.

–Quería hablar con usted de un asunto sumamente delicado y pienso que éste no es el lugar más apropiado si no desea que los vecinos se enteren.

–Sea lo que sea, dígamelo aquí si quiere y si no váyase, ¿no pretenderá que le permita entrar en mi casa sin más?

–Usted manda, pero se trata de ciertos impagos que usted tiene con Electrónica Méndez...

La mujer palideció ligeramente y cortó el discurso de Mauro abriendo la puerta por completo.

–Pase, haga el favor. Hablaremos mejor dentro –dijo al mismo tiempo que franqueaba el paso al visitante.

Cuando Mauro estuvo en el interior, la mujer cerró la puerta y comenzó a andar delante de él, en un gesto de indicarle el camino al joven. Balanceaba ligeramente las caderas al caminar y sus piernas bien hechas confirmaron que era una mujer que siempre había tenido y que todavía conservaba un indudable atractivo.

Entraron en un salón cuidadosamente amueblado y la mujer lo atravesó para ir a sentarse en un sofá que había delante de la ventana. Con las rodillas firmemente apretadas y la cabeza alta, miró fijamente a los ojos del muchacho como para demostrarle que ya había recuperado de nuevo la seguridad en sí misma. Estaba dispuesta a pelear.

–Siéntese, haga el favor –dijo indicándole a Mauro una butaca que había enfrente del sofá que ella ocupaba–. ¿Pertenece usted a Electrónica Méndez?

–No. Pertenezco a Detectives Nacho a quien Electrónica Méndez le ha encargado el cobro de estas facturas en primera instancia –esta jerga de referencias judiciales siempre impresionaba mucho.

–Ya, uno de ésos. O sea que si no pago usted me pegará –hablaba con dureza sin mostrar nerviosismo.

–Escuche, señora, comencemos por donde debemos comenzar, que será mejor para todos. Deje usted ese aire de duquesa ofendida por un vasallo, que la situación no va por ahí. A mí me da igual que usted pague a Electrónica Méndez o que le meta un pufo de cien millones. Por mí se pueden matar entre los que compran y no pagan y los que meten las cosas por los ojos a la gente y después quieren cobrarlas por cualquier método. Pero yo ahora tengo como misión llevarle a Electrónica Méndez el dinero que usted no le entregó cuando debía.

–Pero es que ahora no puedo pagar ese dinero... –dijo la mujer en un tono ya más suplicante que encendió en el pensamiento de Mauro un letrero que decía: «Tocada».

–Pues devuélvales la mercancía y todos tan contentos.

–Precisamente por no poderles devolver la mercancía es por lo que no puedo pagar...

–A ver, a ver... Explíquese algo mejor, que tengo la tarde entera para este asunto –le pidió Mauro recostándose en la butaca.

–Tengo un hijo que será poco más o menos de su edad, tiene veinte años.

Mauro nunca hablaba de su edad, por lo que dejó que continuase mientras él permanecía en silencio.

–El pobre tiene mala suerte y le sale mal todo cuanto emprende –prosiguió la mujer–. Es un muchacho de una sensibilidad especial para las artes y por ahí es por donde busca su camino una y otra vez. Hace dos años puso con otro amigo un estudio de diseño industrial, pero le fue mal y tuvo que cerrarlo. El padre quiso llevárselo a trabajar a la fábrica de ladrillos en la que es encargado, pero mi hijo no ha nacido para estar en medio de ladrillos. Cuando hace un año mi marido tuvo que marcharse para poner en marcha otra fábrica, mi Alberto dijo que si tuviera dinero pondría un estudio de vídeo y haría trabajos de promoción para empresas. Su padre dijo que de ninguna manera le daría una peseta más para montar nada, que tenía la oportunidad de poder trabajar en la fábrica de ladrillos y que en los tiempos que corren eso era un lujo, que si quería montar más negocios que se agarrase al trabajo y que ahorrase, después con su dinero que hiciera lo que le diese la gana. El caso es que yo compré todo cuanto necesitaba para poner el estudio, alquilamos un local céntrico y cuando comenzase a irle algo bien, ya no habría problema para decírselo a su padre, porque con el dinero que ganara le devolvería hasta la última peseta. Pero el muchacho empezó a andar con malas compañías que lo engañaron, mi tesoro, es tan bueno que cualquiera lo lleva por donde quiere...

La mujer comenzaba a hipar y a respirar por la nariz con fuerza y haciendo ruido.

–No me diga más –la interrumpió Mauro–, de todo cuanto le compró en ese momento ya no hay ni los embalajes.

–Lo engañaron. Lo engañaron miserablemente gentes sin conciencia. Otros que tienen más mundo que él. Yo no puedo pagar tanto dinero sin que mi marido se entere.

–Es cierto que un millón ochocientas mil pesetas es mucho dinero, pero no es menos cierto que Electrónica Méndez no tiene la más mínima intención de perderlo.

–Y si no puedo pagarlo, ¿qué me van a hacer? ¿Matarme?

–No, matarla no, porque los muertos no pagan y ellos lo que quieren es cobrar.

–¿Entonces? –preguntó de nuevo la mujer que volvía a recuperar su seguridad característica, lo que hizo comprender a Mauro la necesidad de atacar para que se ablandase un poco.

–Mire, señora...

–No me trate de señora, que aún no soy tan vieja. Me llamo Pilar –ahora intentaba ganar la simpatía del muchacho.

–Sé muy bien que se llama Pilar, su nombre está escrito en todas las facturas bien clarito. Lo que quiero es explicarle con claridad lo que puede suceder en este asunto. En principio ya ve que vengo a intentar convencerla de que pague por las buenas y por eso escucho todas estas cosas que me está contando. En el caso de que yo fracase, Electrónica Méndez puede hacer dos cosas: una es tratar de encontrar a su marido e instarlo a que pague él; la otra es llamar a un par de karatekas que tienen a mano para estos casos y mandarles que busquen a su hijo. Si lo encuentran, que lo encontrarán, se lo van a devolver con la cara medio borrada...

La mujer puso una mano delante de la boca y así ahogó un grito que comenzaba a escaparle de la garganta, pero los ojos desmesuradamente abiertos fueron más que un grito. Entonces Mauro supo que la mujer pagaría.

–¿Qué puedo hacer? –suplicó Pilar–. Estoy dispuesta a hacer lo que usted me diga, lo que usted quiera de mí, no tiene más que decírmelo con tal de que me ayude a solucionar el problema –añadió insinuante.

Mauro se rió de semejante ofrecimiento.

–Lo que tiene que hacer no es lo que yo quiera, sino lo que ellos quieren que haga, que pague.

–Pero no tengo ese dinero disponible... Mi marido se daría cuenta nada más llegar y ver el balance del banco. Por favor, ayúdeme, pero a mi hijo que no le peguen, es un joven tan débil, seguramente se moriría –lloriqueaba la mujer.

–Vamos a ver –dijo el muchacho sintiéndose totalmente dueño de la situación–, Electrónica Méndez dice conformarse con millón y medio, pero estoy seguro de que si les llego con un millón trescientas mil, lo coge sin rechistar y se olvidan para siempre de Pilar y de su débil hijo.

–Es que tampoco tengo esa cantidad disponible.

–Pues usted verá lo que más le conviene, porque a mí ya se me está haciendo larga de más esta conversación.

La mujer quedó pensativa y Mauro se puso de pie. No pensaba marcharse, pero pensaba que Pilar necesitaba un pequeño empujón para que encontrase la solución definitiva. Y así fue.

–Espere un momento –dijo agarrando al muchacho por un brazo–. ¿Y si le entrego esa cantidad en joyas? ¿Valdría así?

Mauro movió la cabeza negativamente.

–Dinero. Sólo admiten dinero.

–Ya sé –dijo resuelta estirando su cuerpo en el asiento–. ¿Por qué no va usted a empeñar las joyas por mí?

Mauro sonrió al darse cuenta de adónde lo pretendía llevar aquella madre tan amorosa de su hijo y tan temerosa de su marido.

–Usted está decidida a que yo me meta en la misma mierda en la que está prisionera. Primero se me ofrece a ver si acepto en especies lo que Electrónica Méndez quiere cobrar en dinero y ahora pretende que vaya a empeñar sus joyas para que, después, cuando su marido llegue, ir de ganchete a denunciar el robo, con lo que ya tengo el follón montado. Pues mire lo que vamos a hacer, vaya a buscar esas joyas y veamos cuánto pueden valer empeñadas.

Pilar notó por primera vez en la tarde que su cuerpo era demasiado pesado cuando los ánimos menguaban. Con cierto esfuerzo, se puso de pie y salió del salón. Tardó varios minutos en volver con un pequeño cofre en las manos y un sobre encima de él. Depositó todo en la mesita baja que había delante del sofá, la rodeó y se sentó.

–En este sobre hay trescientas mil pesetas que tengo hoy en casa. Estas joyas son todo cuanto tengo que pueda empeñar, puede estar seguro de que valen más de dos millones de pesetas –explicó al abrir el pequeño cofre.

Mauro le echó un vistazo por encima, no entendía absolutamente nada de joyas.

–Muy bien, pues métalas todas en una bolsa y vayamos a donde se las pagarán mejor, dentro de lo que cabe, de como acostumbran a pagar estas cosas.

–¿Y cómo sé que usted no está conchabado con alguien para estafarme?

–Ya me estoy cansando de todo este asunto, señora. He tratado de decirle las cosas como son, si quiere confiar en mí, vamos allá, si no quiere ahí se queda con sus joyas, con su hijito y con sus deudas.

–Está bien, está bien. Vamos allá.

Mauro acompañó a la mujer a la puerta del local donde Delgado, el joyero, tenía su negocio de compra de oro y joyas a gente en apuros. Cuando ella entró en el portal el muchacho dio media vuelta y se fue a esperar en un bar que había enfrente.

La mujer tardó más de media hora en salir del local y se dirigió al bar donde la esperaba Mauro. Cuando la vio venir, fue a la barra y marcó un número en el teléfono.

–¿Delgado? –preguntó por el aparato–. Soy Mauro, el auxiliar de Nacho. La operación que acabas de hacer con una tía que acaba de salir, ¿es legal? ¿Seguro? Muy bien. ¿Cuánto? Vale. ¿Al portador? Gracias, tío.

Colgó para dirigirse de nuevo a la mesa, en el mismo momento en que la mujer se disponía a sentarse. Pilar estaba silenciosa y pensativa. Le entregó a Mauro un talón y un sobre. El joven contó los billetes, metió el talón en el sobre y guardó todo en el bolsillo interior de su cazadora. A continuación escribió en cada factura «recibí» y las firmó una por una. Se las entregó a la mujer y salió del bar sin volver la cabeza, con lo que no llegó a contemplar cómo ésta, cogiéndose la cabeza entre las dos manos, rompía en sollozos.

–¿Le pasa algo, señora? –le preguntó el camarero que retiraba el servicio que había usado el muchacho.

–No. Gracias, no me pasa nada.

Se levantó de la silla y salió fuera del bar.

II

Pasó por la agencia y ya no había nadie. Nacho estaría en algún servicio y Micha raras veces iba por las tardes. Sobre la mesa del viejo dejó el sobre con el talón y el dinero, salvo los quince mil duros que habían acordado que le pertenecían a él por el trabajo.

Antes de irse para casa se detuvo en un hipermercado donde se aprovisionó de viandas y bebidas. No acostumbraba a beber alcohol, excepto cerveza, así que compró cuatro botellas de una marca alemana y pensando en Inés, que ni cerveza bebía, compró una botella de agua mineral francesa. Era una sofisticación que le quería ofrecer en son de paz, parecía casi una excentricidad. Las viandas estaban pensadas para una cena fría: tres tipos de paté, cuatro o cinco clases de queso, salmón frío, jamón dulce, fresas y nata montada, tarta helada... Parecía suficiente para la cena de dos personas que no eran de ésas que se pasan media vida hablando de comida.

Mauro tenía alquilado un apartamento en la parte baja de la ciudad. Era un edificio de nueva construcción en medio de las restantes casas viejas. Rompía de un modo brutal la armonía de la calle, aunque en la licencia de construcción le exigían unas condiciones que al constructor le parecieron leoninas. Como si fuese una venganza, allí plantó un bodrio lleno de aluminios, recubierto de materiales de imitación que se emulan a sí mismos, estrecho y angosto en todos los sentidos, porque sin rebasar la altura de las casas colindantes, que tienen dos pisos y bajo cubierta, hizo cuatro pisos, bajo cubierta habitable y sótano para garaje. No conforme con la fealdad que consiguió con todo esto, encima de la puerta de entrada del edificio plantó un enorme letrero en el que se lee que fue construido por él y por su mujer en tal año. Cada planta está dividida en dos apartamentos, uno que da a la calle y otro que mira a los patios traseros de las casas de la calle paralela. En uno de éstos, el que corresponde al tercer piso, vive Mauro.

El sol y la luna ya compartían el cielo cuando Mauro llegó a su vivienda, compuesta por un salón-cocina, un dormitorio y un cuarto de baño muy pequeño, como de juguete. Siempre que llegaba a casa lo primero que hacía era poner el tocadiscos, que continuaba su recorrido en el lugar donde había sido interrumpido anteriormente. Esta vez la voz de Mick Jagger decía:

And time waits for no one.
And it won't wait for me.
Time waits for no one.
And it won't wait for me.

Trató de ordenar algo el habitáculo. No es que quisiera causarle a Inés una buena impresión, porque ella ya estaba acostumbrada a compartir con él un soportable desorden, pero en aquella ocasión también deseaba mostrarle una cierta deferencia.

Preparó la mesa y se sentó a esperar leyendo una revista. Mick Jagger continuaba advirtiendo, a quien quisiera escucharlo, que el tiempo no se debe desperdiciar.

Men they build towers to their passing.
To their fame everlasting.
Here he comes chopping and reaping.
Hear him laugh at their cheating.

Se sobresaltó ligeramente cuando escuchó que llamaban a la puerta. Fue a abrir. Se sorprendió al ver que era Inés, porque desde el primer momento ella tenía una llave de la casa de Mauro. Prefirió no decir nada sobre aquello, si llamaba y no abría con su llave era porque quería marcar alguna diferencia entre pasado y presente. Le franqueó el paso y, después de cerrar la puerta, fue detrás de ella.

–No me puedo quedar mucho –dijo Inés al ver la mesa preparada.

–Siempre te has ido cuando te ha dado la gana, nunca te he retenido a la fuerza ni con engaños –le soltó Mauro como para darle a entender que no le importaba–. Pero supongo que te sentarás un momento para que hablemos.

La joven se sentó en el mismo lugar en el que lo hacía casi siempre, en un sofá frente al televisor y junto al que estaba la mesa con el tocadiscos. Mauro se acomodó junto a ella. Los dos permanecieron un instante en silencio.

–No quiero que vayas a verme más al trabajo. Si me vuelven a pillar después del aviso que me han dado, me ponen inmediatamente en la calle.

–¿Y dónde quieres que te vea cuando desapareces misteriosamente? Aunque no pienses que voy a andar detrás de ti, a mí me da igual que vengas como que no vengas. Lo que quiero saber es por qué.

–Escucha, Mauro –dijo Inés girándose hacia él y mirándolo fijamente a los ojos–, yo no he desaparecido misteriosamente, tú sabías perfectamente que no quería continuar algo que no me gusta del todo, lo que pasa es que no me has hecho caso, seguramente has pensado, como siempre, «ya volverá» y como no he vuelto por eso dices que he desaparecido.

–¿Y cómo crees que debo interpretar que, sin más ni más, te presentes un día diciendo que tienes que reflexionar porque no ves las cosas claras? Si me descuido, parece una crisis mística...

Inés permaneció callada un momento. Sus hermosos ojos verdes seguían el recorrido del índice de la mano derecha por la tela del pantalón.

–Mauro tú y yo casi no nos conocemos, esto no quiere decir nada, cuando estoy contigo me siento francamente bien, siempre pienso que eso es la felicidad de dos personas, pero es después, cuando me voy, cuando tengo la rara sensación de que cada vez he estado con una persona distinta, con un desconocido.

–Tienes razón al decir que es difícil de comprender, porque nunca te he prometido nada distinto al hecho de que tratásemos de estar bien juntos. Seguramente te he contado pocas cosas de mí, pero es que hay pocas cosas que yo quiera recordar.

–No se trata de que me hagas tu biografía cada vez que estemos juntos, a mí no me importa eso, con lo que sé me llega e incluso casi me sobra.

–¿Por qué no dejamos esta charla y cenamos?

–No tengo apetito y ya te he dicho que me tengo que ir pronto. He venido porque te lo he prometido por la mañana.

–Pues ya has venido. Pero, ¿sabes qué te digo? Nunca he podido soportar a las personas que se pasan la vida chantajeando a los demás para que cambien de forma de ser, a las personas que, en vez de querer u odiar a los demás por ser como son, están continuamente diciéndoles cómo tienen que ser. Yo soy como soy, y nada más. Crecer en las calles siempre con la mosca detrás de la oreja sin saber cuándo te van a pillar y embarcarte para regresar a donde no quieres estar, no es precisamente la mejor manera de convertirte en una persona que va por ahí creyendo que el prójimo es digno de toda confianza.

–Tampoco es una maravilla convivir con quien no confía en ti más de lo que confía en la pasma.

Los dos callaron de nuevo y permanecieron así un tiempo.

–De todas formas pienso que lo mejor será dejarlo por ahora –soltó por fin Inés–. Siempre estuvimos de acuerdo en que esto debía durar mientras los dos nos encontrásemos bien juntos, ahora yo prefiero pensarlo un poco...

–Está bien, está bien –dijo Mauro visiblemente irritado–. Haz lo que te dé la gana, yo también sé prescindir, siempre he tenido que prescindir de algo.

Inés se levantó del asiento y se puso en cuclillas delante de Mauro. Cogió sus manos entre las suyas y lo miró de frente.

–Mauro, estoy casi segura de que volveré junto a ti porque pienso que te amo y que te seguiré amando, pero siento la necesidad de comprobarlo. Yo también arriesgo mucho en esto, porque puede suceder que si llego a darme cuenta de que te quiero de todas, todas, entonces tú ya no me ames. Déjame marchar ahora para que tú también puedas saber si, además de estar a gusto conmigo, me necesitas.

Mauro no pronunció ni una palabra, si tenía alguna debilidad no dejaba que nadie la descubriese nunca, siempre hay alguien esperando conocer un punto flaco tuyo para colarse por el agujero. Inés se fue hacia la puerta, la abrió y desde allí se dio la vuelta hacia el muchacho.

–Me quedo con la llave de la casa por si vuelvo –dijo en voz baja.

Mauro escuchó el ruido de la puerta y se recostó en el sofá abriendo los brazos para abarcar el respaldo entero. Mick Jagger seguía cantando.

The hand of fate on me now.
It picked me up and it knocked me down.
I'm on the run, I am prison bound.
The hand of fate is heavy now.

Ya no tenía ganas de cenar. Se puso de pie, cogió la cazadora y bajó al garaje en el ascensor. Esta vez no había nadie esperándole.

Pasó con la moto por el semáforo en el que había quedado citado con Henrique. Todavía faltaba media hora para las diez y no estaba. Al pie de las escaleras de una iglesia unos chicos bebían cerveza de una botella que se pasaban los unos a los otros. De pie, apoyado en una esquina de la misma iglesia, un hombre calvo parecía esperar a alguien.

Para hacer tiempo fue a dar una vuelta por las calles. Hay quien, cuando está nervioso, toma pastillas para tranquilizarse, hay quien fuma, Mauro daba largos paseos en moto y cuando la situación anímica era especialmente complicada, se echaba a la carretera y se metía una buena ración de kilómetros.

A las diez en punto aparcó cerca del semáforo. A lo lejos vio que Henrique bajaba por la acera hacia el lugar de encuentro. Se puso a andar hacia él. Al mismo tiempo, el hombre calvo que esperaba de espaldas contra la pared de la iglesia, también comenzó a caminar hacia Henrique. Cuando mediaban unos cinco metros entre Mauro y Henrique, Mauro le hizo un gesto de saludo.

–¿Qué hay, Henrique? ¿Qué tal?

El hombre calvo, que parecía dirigirse también con la intención de hablarle a Henrique, miró a Mauro con cara de sorpresa y de repente, cambió su trayectoria y se alejó andando a buen paso, casi corriendo.

Henrique y Mauro se saludaron.

–Ya sé adónde se dirigía la mujer –le dijo el muchacho.

–Ya me lo contarás. ¿Has cenado?

–No. Todavía no.

–Pues vente conmigo y me lo cuentas todo mientras cenamos juntos en mi casa.

Los dos se montaron en la moto y se marcharon del lugar.

Cuando Mauro y Henrique estuvieron en el apartamento, y antes de nada, Mick Jagger cantaba:

A smile relieves a heart that grieves.
Remember what I said.
I'm not waiting on a lady.
I'm just waiting on a friend.
I'm just waiting on a friend.
... ...

Ambos se sentaron a la mesa y comenzaron a dar cuenta de las viandas que Mauro había preparado para compartir con Inés.

–Hasta el agua está sabrosa –decía Henrique bebiendo y comiendo con placer.

–Pues procura no perderte bocado ni trago, pero vete ganando el talego que te he ofrecido y cuéntame qué hizo la fulana.

–La seguí hasta que se metió en el portal de una casa –se echó la mano al bolsillo de la camisa y sacó un papelito–, después apunté el nombre de la calle y el número de la casa. Calle Vigal Díaz, 17. Cuando entró en el portal esperé a que se escuchara la puerta del ascensor al cerrarse, entonces entré y esperé a que parara. Paró en el cuarto piso.

–Un trabajo muy bien hecho. Verdaderamente profesional. –Mauro alabó con sincera admiración el informe que le daba el muchacho–. ¿Y cuánto tiempo pasó allí?

–Exactamente desde que llegó al piso, hasta que volvió a salir del edificio, pasaron noventa y siete minutos.

–Un talego bien ganado –dijo Mauro limpiando las manos en una servilleta de papel para, a continuación, sacar del bolsillo un billete de mil pesetas y ponérselo a Henrique al alcance de la mano izquierda–. Trato cumplido.

–*Obrigado* –dijo el muchacho mientras guardaba el billete en el bolsillo de su camisa y poniéndose de pie como para irse.

–Acaba de papar que esto es una invitación mía, no forma parte del trato. No me iba a comer todo esto yo solo, simplemente ocurre que tenía un invitado que no ha podido venir, así que me he visto en la obligación de buscar quien me ayudara con tanto trabajo acumulado.

–*Obrigado* –dijo de nuevo el invitado.

–Doy por cumplidas todas las formas de agradecimiento y urbanidad de aquí hasta los próximos cien años, así que no me fastidies más con *obrigados* y sí señores.

El muchacho quedó un poco cortado con aquel rechazo de Mauro por sus manifestaciones de agradecimiento y siguió comiendo en silencio.

–¿Cuántos años tienes? –le soltó Mauro de repente.

–Tengo dieciséis, señ...

–No te cortes, hombre, no te cortes, que tampoco es eso –rió Mauro–. ¿Y qué haces por aquí?

–Ya ve, vender pañuelos de papel en los semáforos.

–Hombre eso ya lo sé. Quiero decir que cómo has venido a parar aquí.

–¿Usted no será policía? –preguntó Henrique con cara asustada.

–Puedes estar seguro de que no. Ni siquiera cuando jugaba de niño a policías y ladrones he sido nunca policía, siempre ladrón. Estate tranquilo que por mí puedes quedarte aquí para siempre.

–Yo era muy pequeño cuando llegamos a Portugal desde Angola. Hace un año que, toda mi familia, pasamos la frontera para venir aquí, pero en esta ciudad estoy solo.

De nuevo quedaron callados. Ahora ya no comían. Sólo jugaban con los vasos mientras tomaban pequeños tragos, Mauro de cerveza y Henrique de agua mineral francesa.

–Mauro –interrumpió Henrique el silencio–. ¿Puedo hacerle una pregunta?

–Tú pregunta lo que quieras, siempre que yo no esté en la obligación de responderte.

–Usted... ¿Tú eres un detective?

–Se podría decir que sí. Aunque en realidad no soy más que auxiliar de un detective. Lo que no está nada mal, teniendo en cuenta que no hace ni seis meses que era el recadero de la agencia.

–Entonces, ¿sabes buscar a personas desaparecidas?

–Las desaparecidas, generalmente, no las encuentra nadie. Las perdidas hacen lo posible por ser encontradas y las que se esconden son las que yo, a veces, encuentro.

–Yo quería encontrar en esta ciudad a una hermana mía que estoy buscando, ¿cómo debería hacer?

–Depende, pero yo soy capaz de invitarte a cenar un día, lo que no quiere decir que trabaje por amor al arte. De todas formas cuéntame tu historia, que siempre puede aparecer por casualidad cuando uno anda en otro trabajo.

–Mi hermana tiene diecisiete años y debió de llegar aquí hace unos seis meses.

–Para comenzar no podíamos tener menos.

–Se marchó porque nuestro padre empezó a decir, cuando estaba borracho, que la iba a matar. Maria do Céu quedó embarazada del dueño de un bar en el que mi padre la metió para que ayudara en la cocina. Dos meses antes de que naciera el bebé, él se enteró y Maria do Céu huyó. Un día el viejo llegó borracho como siempre y comenzó a pegar a mi madre hasta dejarla por muerta, entonces él también tuvo que huir por miedo a que lo detuvieran por asesinato. Yo llevé a mi madre y a mis hermanos pequeños a otro lugar lejos de la raya seca,[2] así, si mi padre llega a saber que la vieja no murió y quiere volver, no dará con nosotros, pero quiero que Maria do Céu sepa dónde estamos. Y si quiere volver que vuelva.

–Y, ¿por qué piensas que ha venido aquí?

–Cuando huyó, me dijo que vendría a buscarse la vida a esta ciudad.

–No parece difícil encontrarla, porque por esto que me dices ella desea que se la encuentre. Esta noche no tengo ningún trabajo que hacer y tengo algo de pasta, daremos una vuelta a ver si nos enteramos de algo. ¿Dónde vives?

–Estoy durmiendo en un barco varado en una playa que hay detrás de un hospital, no sé cómo se llama.

–Se llama A Pedreiriña.

–Aunque no sé si podré seguir allí mucho tiempo, porque hoy cuando estaba a punto de amanecer me despertaron unas voces. Me asusté y cuando intentaba huir del barco me descubrieron. Eran cuatro. Uno corrió detrás de mí sin conseguir cogerme.

–Por una noche puedes dormir aquí, pero después te buscas cobijo por tu cuenta. En esta casa podemos dar cenas, pero no damos camas.

---

2. Frontera con Portugal por donde no delimita el río Miño. (N. de la T.)

–Tengo que volver al barco para buscar mis cosas. Están todas allí, si aquellos hombres no me las han tirado.

–Como quieras. Ahora vamos a dar una vuelta por los lugares donde puedan dar razón de tu hermana, si está por estos contornos.

Salieron del apartamento y bajaron a buscar la moto.

El primer lugar en el que entraron fue el Memphis. Era un local que estaba situado en los arrabales de la ciudad. Por fuera era una edificación de bloques prefabricados sin revestir a la que se le habían abierto unas ventanas justo por debajo del alero del tejado de uralita. Encima de la puerta, una luz roja indicaba de qué tipo de local se trataba. La decoración interior era austera hasta la exageración. Una barra de madera de pino barnizado. Dos mesas situadas en las esquinas del local, justo delante de otros tantos bancos que recorrían el ángulo que formaban las paredes, y un par de taburetes. Luces de tonos azulados contribuían a conservar el nivel de oscuridad que requerían las actividades propias del local.

Cuando Mauro y Henrique entraron no había ningún cliente dentro. Se arrimaron a la barra e inmediatamente acudió la chica que se encontraba detrás del mostrador.

–Buenas noches –dijo la mujer cruzando los brazos por debajo del generoso pecho y apoyándolos en la superficie de madera–. ¿Qué os pongo?

–Una cerveza fría y una tónica –respondió Mauro, ya que habían acordado que Henrique permanecería callado lo más posible para no llamar demasiado la atención sobre su presencia.

No tardaron en acercarse las otras dos mujeres.

–¡Jesús! ¡Ha nacido un cuervo blanco! –dijo una de ellas abrazando a Mauro.

Era una mujer morena de treinta o treinta y cinco años, casi tan alta como Mauro y con media docena de kilos de más. Aun así estaban suficientemente bien repartidos como para que no pareciese, a primera vista, que le sobraban, pues parte de ellos contribuían a conformarle unas poderosas ancas, que si las perdía, seguro que se iba con ellas el noventa por ciento de su encanto, que es tanto como decir la ruina de su industria en una economía libre de mercado.

Mauro se soltó del abrazo de la mujer mientras decía:

–Sé de muchos sitios donde la cerveza es mucho más barata y tú me gustas más a las cinco de la tarde. Te favorecen los suaves rayos del sol del atardecer.

La otra mujer era baja. Llevaba el pelo corto y todo de punta. No tendría más de veinte años y cuatro o cinco pequeñas cicatrices en el rostro que, lejos de afearla, ayudaban a crear en ella un encanto especial, el misterio de ser poseedora de una historia que contar.

La que estaba en el mostrador puso las bebidas y se fue a sentar al fondo, debajo de una luz. Cogió una labor y comenzó a hacer ganchillo.

–¿A qué me invitas? –estaba diciéndole la del pelo corto a Henrique.

–A cháchara –intervino rápidamente Mauro–. Deja en paz al muchacho que viene conmigo para aguantarme las llaves de la moto.

–Pues conversación me queda mucha toda la noche –dijo la mujer–. Me voy a sentar un poco.

–Quédate ahí –dijo la morena–, Mauro es un buen amigo mío y no necesita invitar mientras no haya más clientes. Cuéntame, ¿cómo te va, Mauro?

–Dabute, Carballesa, dabute, por eso vengo poco por aquí, porque no tengo penas que contarte, y a ti lo que te va es escuchar cómo te cuentan las penas los tíos. Tú eres una madraza, Carballesa.

–No me llames Carballesa, llámame Toña. Esta es Lidia.

–Es un verdadero placer –dijo Mauro haciendo un remedo de exagerada reverencia–. A las nuevas adquisiciones que vienen a incrementar la corte del Merexildo siempre es un placer conocerlas, paran tan poco y viajan tanto que tienen la cultura de los que ven mucho mundo.

–Tienes unos amigos muy graciosos –dijo Lidia–. Éste hace gracias para que nos divirtamos y al pequeño que trae con él le hace gracia mi cara y me mira como si tuviera monos en ella.

Entró un cliente y la del ganchillo fue a atenderlo. Estaba completamente borracho. La Carballesa le hizo un gesto a la de la barra y ésta le obligó a enseñarle el dinero antes de servirle. Le puso un güisqui recién pasado del garrafón a la botella preparada para que no se pudiese rellenar. El cliente se bebió la mitad de un trago. Dejó el vaso en el mostrador, pero sin soltarlo de la mano. Comenzó a hablar con la mujer que le había servido, quien enseguida lo convenció para que le invitase a una copa que puso de otra botella distinta. Entonces el hombre comenzó a gritar que por qué a él le había echado de otra botella. Que aquello era una estafa y que era veneno. Todo mezclado con palabrotas y blasfemias. La mujer trataba infructuosamente de calmarlo, pero él gritaba cada vez más. Mauro, Henrique y las dos mujeres miraban la escena en silencio. El borracho levantó el vaso en la mano, y cuando parecía que iba a beber otro trago, se lo tiró a la cara de la mujer que dio un grito espantoso. Mauro se acercó al hombre y lo cogió por un brazo para que se diera la vuelta hacia él, pero no le hizo falta, porque aquél se giró con rapidez y le lanzó un golpe con la derecha que Mauro esquivó a duras penas. Cuando el puño pasó cerca de la oreja izquierda del muchacho, éste se dio cuenta de que traía la fuerza suficiente como para poner patas arriba a un buey, así que, aprovechó el paso de la cara del hombre para darle un fuerte golpe en la nuca que tiró al borracho al suelo. Cuando intentó levantarse, Mauro le asestó una patada en un lado de la cabeza que lo dejó inconsciente.

Lo cogió por la parte de arriba de la chaqueta y comenzó a arrastrarlo hacia afuera cuando Toña le dijo que no lo echase así, que todavía no había pagado. La mujer se agachó llenando el blanco vestido con sus ancas, rebuscó en los bolsillos del hombre, le dio un billete a Lidia y ésta fue a la caja, cogió el cambio y la Carballesa lo metió en el mismo bolsillo de donde había sacado el dinero. En esto, el hombre empezó a volver en sí y lo sentaron en el suelo. Mauro le acercó un puño a los ojos y el hombre levantó las manos con las palmas hacia el muchacho, gesto que éste entendió como señal de paz. Lo ayudó a levantarse, lo acompañó a la puerta y se marchó sin decir nada.

Mauro regresó al mostrador y bebió un trago largo de cerveza.

–Gracias, Mauro –dijo la Carballesa.

–¡Qué fuerte eres! –decía Lidia mientras le palpaba los bíceps.

–Favor por favor, Carballesa –dijo por fin Mauro–, vamos a aquella mesa que quiero hablar contigo.

Se sentaron lejos de los demás. Henrique y Lidia permanecieron sentados en un pequeño banco que recorría el trozo de pared que restaba hasta la puerta, situado tan cerca de la barra que a veces hacía el servicio de los taburetes que no existían. La tercera mujer se había sacado la blusa y, en sujetador, secaba el güisqui de su cuerpo.

–Merexildo contrata chicas de las que vienen del otro lado de la raya para sus tugurios, ¿no es cierto? –le preguntó Mauro en voz baja.

–Con frecuencia, pero aquí, en el Memphis, hace tiempo que no tenemos a ninguna.

–¿Y en los otros? –preguntó otra vez el muchacho.

–Según Merexildo, para nosotros es como si no existieran. Estemos en el local en que estemos, el mundo comienza en la puerta y acaba en la puerta. Ni hay Merexildo ni hay otros clubes, él nombra a una encargada y ella es la que manda. Aquí la encargada soy yo. No debo llamar a Merexildo a no ser que haya algún problema grave, siempre es él quien me llama a mí. Si quieres hablar con él, vendrá a cerrar.

–No me cuentes tu vida, Carballesa, que no llevo pañuelo. Quiero saber en qué locales hay muchachas jóvenes que vienen de cualquier sitio, sin papeles y con problemas.

–Sabes perfectamente que de ese género hay en todos. Si no es un día es otro, pero en todos.

–Así que por aquí ya hace tiempo que no ves a ninguna...

–Desde hace año y medio, lo que llevo aquí de encargada, sólo hubo dos, y tú conocías a las dos.

–¿Una alta ya entrada en años que se llamaba Roberta o Alberta, o algo así? –le preguntó Mauro.

–Ésa. Y la otra fue una negra, fuerte y bien armada... –dijo Toña poniendo las dos manos por delante del pecho.

–Ya me acuerdo. Ninguna de ellas es la que estoy buscando. Pero tienes que saber algo más de lo que me estás diciendo, y esto no es pagar un favor como es debido, Carballesa.

–Te estoy diciendo todo cuanto sé, Mauro. De verdad que no sé la gente que hay en los otros locales de Merexildo, y como no estamos sindicadas, tampoco puedo decirte qué es lo que hay por ahí adelante.

–Pero si tú fueses una chica joven que acabas de llegar y quieres ganar dinero, ¿adónde acudirías?

–Seguramente a alguna amiga que me llevara a donde conviene...

–Que es Merexildo –Mauro acabó la frase de la mujer.

–U otros muchos. Todos están deseando renovar y a todos les interesa ese tipo de material. Siempre están en la cuerda floja y no dan problemas. Si no se portan bien y crean algún problema, les dicen que las van a denunciar y expulsión... Por eso son las que más interesan a todos.

–Gracias, Toña. Supongo que me dirías la verdad. No vayas a contarle a Merexildo que ando metido en esto, que no me quiero cabrear contigo ni por lo que dices que no sabes ni por lo que ahora sabes –dijo Mauro sonriendo.

Toña no tuvo tiempo de decir nada sobre lo que acababa de escuchar, porque en aquel momento se escuchó en el local el sonido de una enorme bofetada. Los dos se dieron la vuelta a un tiempo y vieron a Henrique tirado en el suelo y a Lidia delante de él con aire amenazante.

–Crío de mierda –decía irritada–. No dice palabra, está la noche entera mirando para mí como si yo acabara de venir de la luna, y ahora se pone a pasarme los dedos por la cara, tocando justamente donde no quiero que nadie me toque.

Mauro fue hasta donde estaban los protagonistas del incidente. Ayudó a levantarse al caído y salió afuera con él cogido del brazo.

Media hora después estaban en otro local que parecía hecho por el mismo arquitecto que había construido el Memphis. Éste se llamaba Arizona y también era propiedad de Merexildo, quien tenía cierta debilidad por los nombres sacados de las novelas del oeste.

Había unos siete u ocho clientes, lo que significaba para este tipo de lugares una auténtica aglomeración. Cuatro mujeres atendían a duras penas a todos los hombres que allí había. Se distribuían por el escaso espacio habitable del local de manera similar a las del lugar del cual venían los dos muchachos, una atendía la barra desde dentro y las otras tres se repartían la atención de los clientes desde fuera. Esta atención consistía en hacerlos beber e invitarlas a ellas a cambio del derecho, no escrito, del cliente a poner las manos donde más les apeteciese en cada momento.

Mauro y Henrique buscaron un lugar discreto, aunque dada la poca luz y lo entretenido que estaba el personal foráneo, se podría decir que cualquier sitio permitía pasar inadvertido.

No tardó en acercárseles la muchacha que servía. Le pidieron una cerveza y una tónica. Cuando les trajo las bebidas Mauro se inclinó para hablarle.

–Dile a Fernanda que corte con el calvorota y que se acerque por aquí.

–¿Es que no os valgo yo? –preguntó la joven pretendiendo un tono seductor, pero que resultaba tan profesionalizado que no engañaba a nadie.

–Para lo que quiero ahora no. Otro día volveré para decirte para qué me puedes valer tú. Ahora haz lo que te he dicho.

La camarera se alejó y fue a hablar con una mujer teñida de rubio que conversaba, entre grandes carcajadas, con un hombre totalmente calvo y que, al reír, balanceaba una enorme barriga que amenazaba con mandar por el aire los botones de la camisa. La rubia miró hacia donde se encontraban los dos amigos e hizo un gesto de asentimiento con la cabeza. Acercó su boca a la oreja del calvo y le habló bajito. El hombre miró para la camarera del otro lado del mostrador y se inclinó para iniciar el palique con ella.

La reclamada por los dos jóvenes llegó junto a ellos y enseguida reconoció a Mauro.

–¡Mauro! ¡Mi querido hijo! –comenzó a decir abrazándose a él–. ¡Cuánto tiempo sin vernos, querido! ¿Qué te trae por aquí?

–Verte, Fernanda, verte. Ya sabes que no puedo pasar mucho tiempo sin verte.

–¡Ay, qué cosas tienes! ¿Y no me vas a presentar a tu amiguito? ¡Pero si es un niño! Tú quieres buscarme un follón si aparece por aquí la pasma con ganas de bronca. Llévate de aquí a este crío antes de que se monte un cirio.

–Tranqui, Fernanda, tranqui. En cuanto me digas una cosita, ya nos vamos. Anda toma algo, que no quiero que Merexildo diga que le entretengo al personal sin hacer gasto.

Fernanda le hizo un gesto a la encargada de servir en la barra que enseguida se presentó con un vaso con lo que aparentaba ser güisqui con hielo.

–¿Qué me quieres preguntar? –habló apremiante.

–Tengo mucho interés en charlar un rato con una muchacha que vino del otro lado de la raya y que puede andar en el negocio desde hace unos tres meses, aunque es muy probable que quien la tenga en plantel, ya hará cinco o seis meses que contactó con ella.

–Con lo que me estás diciendo no me haces pensar en nadie.

–Puede ser que tenga un hijo muy pequeño. Me parece que es un pajarito a medida de las jaulas de Merexildo.

La mujer pareció pensar en algo. Bebió un trago del contenido del vaso.

–Pues no te puedo ayudar, no sé de la tal palomita.

–Me puedes ayudar poniendo las antenas en funcionamiento y si te enteras de algo, me llamas a la agencia y le dejas el recado a Micha.

–Cuenta conmigo –afirmó Fernanda–. Ahora hablemos de unas lecciones que tenemos pendientes tú y yo, porque el curso aún no acabó y te quedan algunas cosas por aprender.

–Seguro que sí, pero por el momento estoy con las prácticas de las primeras lecciones. Cuando domine bien esta parte, reanudaré el curso, pierde cuidado –respondió Mauro riendo, mientras Henrique miraba alternativamente para uno y otro–. Ahora vuelve con el calvo, que a la del mostrador se le acumula el trabajo y no da abasto.

Fernanda se dio la vuelta hacia donde señalaba Mauro y después volvió a abrazar al muchacho y a darle besos en el cuello.

–Ven por aquí siempre que quieras. Si invitas, invitas, y si no que le den morcillas a Merexildo, tú eres mi hijo... ¿Cómo se decía?

–Putativo.

–Eso, mi hijo putativo. Si sé algo de tu amiga, ya te avisaré.

Los tres se despidieron y los muchachos salieron del local. Montaron en la moto y regresaron a la ciudad. Mauro se ofreció para llevar a Henrique hasta A Pedreiriña, pero el chaval insistió en ir andando y solo. Mauro, como tenía por costumbre, no insistió. Quedaron en que dejarían pasar unos días antes de volverse a ver para darle tiempo a Fernanda de hacer algunas averiguaciones. Mauro confiaba más en ella que en la Carballesa, aunque se decía que la Carballesa conocía todo cuanto hacía Merexildo por el día o por la noche.

Henrique soltó una nueva serie de frases de agradecimiento que Mauro rechazó diciendo que todo esto no significaba que él pensara perder ni un solo minuto de su tiempo en ayudarlo, si eso le suponía dejar de ganar un duro.

III

La noche había sido larga y ya eran las once cuando amaneció para Mauro. Se levantó y lo primero que hizo fue poner el tocadiscos. Mick Jagger le trajo un saludo premonitorio:

Don't you know the crime rate is going up
up up up?
To live in this town you must be tough
Tough, tough, tough, tough, tough
You've got rats on the west side?
And be bugs uptown.

Se dirigió a la ducha y estuvo un buen rato inmóvil debajo del chorro de agua templada. Después comenzó a enjabonarse y a frotarse con fuerza. Se puso una camisa limpia, pantalón vaquero y su, casi inseparable, cazadora de cuero.

Estaban a punto de dar las doce cuando aparcaba la moto delante del bar de Eusebio. Normalmente no desayunaba allí, pero a aquellas horas lo que le apetecía era una ración de calamares, así que aquél era el lugar indicado para semejante desayuno.

Nada más entrar por la puerta, Eusebio le dijo que Micha había llamado dos veces preguntando por él y que había dejado recado de que llamase a la agencia. Mauro le pidió los calamares y la cerveza y se dirigió al teléfono. Cuando Eusebio le dio línea, marcó el número de la agencia y le salió Micha que le dijo que era Nacho quien quería hablar con él.

–¿Qué quieres? –preguntó el muchacho cuando sintió que el detective cogía el auricular.

–Quedamos en que había que sacarle a la fulana kilo y medio para que tú te quedases con quince mil duros, y por mis cuentas no le has sacado más que un millón trescientas.

–Pues te tocará algo menos a ti, Nachete. Aunque, con lo bien que vas a quedar con Electrónica Méndez por la rapidez con que he hecho el trabajo, seguro que no vas a perder nada.

–Así no se hacen las cosas, Mauro. Ésta es una agencia seria.

–Ahora no estoy para escuchar bromas, Nacho. ¿Eso era todo lo que querías de mí?

–Espera. ¿Cómo anda el otro asunto de la tía de Os Campóns? El marido me llamó ayer dos veces por teléfono, tiene prisa y está nervioso.

–Te dije que tardaría tres días, aún estamos en el segundo.

–Pues no hay tercero. He citado al marido para esta tarde a las ocho, así que a las siete quiero el informe en mi mesa –dijo el detective desnarigado, al mismo tiempo que colgaba el teléfono cabreado.

Mauro se situó delante de los calamares y de la cerveza. Comenzó a llenar el agujero que notaba en el estómago.

Entró Lurpio y se puso al lado de Mauro. Pidió una cerveza y comenzó a beberla en silencio.

–¿Cómo estás, Lurpio? –le preguntó Mauro.

–Ahora bien, pero hasta el amanecer no pude meterme nada y pasé una noche de perros. Tengo unos discos y he apartado dos de ésos que te gustan a ti.

–¿De quién son?

–No me acuerdo, pero te gustarán, ya verás. Y además no te van a costar nada, que yo también sé ser espléndido en lo mío.

–Pues, nada hombre, muchas gracias. Y también por el recado de ayer.

–No hay por qué darlas. Los discos ya te los dejaré aquí por la tarde.

En aquel mismo momento entró en el bar otro chico y se sentó junto a los dos amigos. Tendría unos diecisiete años y vestía con una elegancia rebuscada, impropia por completo del lugar. Rasurado con cuidado y el pelo peinado con cierto acicalamiento. Lo saludaron y él respondió al saludo algo nervioso e incluso jadeando ligeramente.

–¿Qué haces aquí a estas horas, Xílgaro? ¿Es que no hay clientes? –le preguntó Eusebio al recién llegado.

–Cualquiera anda a estas horas por el puerto, aquello está tan invadido por la pasma que parece el desembarco de Normandía.

–¿Qué es lo qué pasa? –se interesó ahora Mauro.

–No lo sé muy bien, porque cuando vi al tercer madero, ya me pareció una aglomeración y me abrí lo más ligero que pude, creo que han encontrado a un pollo ahogado

–dijo el chapero dándole el primer trago a la coca-cola que le acababan de servir.

–¿Tío o tía? –preguntó esta vez Lurpio.

–Ni idea –respondió Xílgaro–, no me acerqué tanto.

Mauro se levantó y pagó. Se despidió de los amigos y salió del bar.

Pensaba dirigirse directamente a la agencia, pero la curiosidad le hizo dar un rodeo por el puerto. Si Xílgaro había visto a un ahogado cerca de donde él acostumbraba a andar sería frente a la aduana, que era el lugar frecuentado por los chaperos. Su situación permitía a los clientes dar vueltas en los automóviles por la calle que pasaba por delante de la fachada exterior del edificio, mientras los chicos permanecían sentados en los bancos del paseo, o paseando por él. El automóvil paraba y el chico más cercano se aproximaba a la ventanilla y acordaba con el cliente precio y condiciones. Por la noche el comercio se trasladaba a otro lugar de la ciudad.

Paró y aparcó dentro del puerto, pero lejos del lugar adonde pensaba dirigirse, no quería llamar la atención de la policía. Así parecería un curioso más.

Desde lejos vio a un grupo de gente que la policía mantenía alejada de la orilla del agua. Formaban un semicírculo y en el medio un hombre con ropas que lo identificaban como empleado del puerto mantenía algo unido a la tierra por medio de un palo largo.

Mauro quiso acercarse más para poder ver, pero un policía le impidió el paso. Dio la vuelta y se fue por uno de los extremos del semicírculo que formaban los curiosos y desde allí divisó el cuerpo del ahogado que el hombre mantenía sujeto mediante el garfio de un bichero que atravesaba las ropas del muerto por la parte alta de la espalda. Del difunto no se veía más que la coronilla de la cabeza, renegrida por el gasóleo depositado en el agua. Los cabellos como peinados a partir de un remolino, aparentaban pegajosos. No era posible verle el rostro, pero a Mauro las ropas le parecieron conocidas.

–¿Por qué no lo sacan de ahí? –le preguntó al hombre del bichero.

–Hay que esperar a que venga el juez –le respondió girando la cabeza para que lo pudiese escuchar.

En ese mismo momento llegó una ambulancia. De ella bajaron dos hombres que sacaron una camilla y la dejaron en el suelo.

Mauro ya no era capaz de moverse de allí hasta ver el rostro del ahogado. La espalda y la cabeza eran como un imán para sus ojos y sólo los apartaba cuando escuchaba algún sonido que le hacía pensar que se trataba de la llegada del juez.

Y llegó. Pasó por entre los curiosos, se acercó a la orilla, miró y mandó que sacasen el cuerpo del agua. El hombre tiró del bichero y enseguida un policía se acercó a ayudarle. El cuerpo, en el agua, pareció ponerse derecho y lo fueron acercando al muro del muelle. Comenzaron a subirlo. Lo hacían de espaldas a Mauro, pero las ropas, completamente sucias de gasóleo, le resultaron más familiares. Cuando el cuerpo llegó arriba y lo depositaron en el suelo, comprobó que era cierto lo que pensaba. Aquel rostro, con la frente hundida por un fuerte golpe, era el de Henrique. El muchacho que vendía pañuelos de papel en los semáforos y que, el resto del tiempo, buscaba a su hermana para avisarle de dónde se encontraba la familia.

Los hombres de la ambulancia pusieron el cadáver en la camilla y lo taparon por completo con una manta. Ataron el bulto con unas correas y lo introdujeron en el vehículo, que salió haciendo sonar la sirena, como si en él viajara alguien que tenía la vida pendiente de que abrieran paso a la ambulancia para que pudiese llegar pronto al hospital.

Los comentarios se fueron apagando a medida que la gente, impresionada por lo que acababa de contemplar voluntariamente, se alejaba. El juez subió de nuevo al automóvil que lo había traído y arrancó. Mauro quedó solo en cuestión de segundos. La impresión de la escena lo tenía como clavado al asfalto, mirando sin ver hacia el lugar por donde acababa de desaparecer la ambulancia aullando con el cadáver de Henrique en su interior. Para él aquello suponía la contemplación de la cara más fea de la muerte, la cara de la injusticia, de la frustración y de la inutilidad. Siempre había pensado, a fuerza de escuchárselo a los demás, que él era un tipo duro, pero allí estaba, inmóvil por la impresión de ver cómo sacaban del agua el cuerpo de un chaval a quien apenas conocía, de quien sólo sabía que se hacía llamar Henrique y que no tenía miedo a la aventura de encontrar una aguja en un pajar sin saber por dónde comenzar.

Le pareció que seguramente se estaba poniendo pálido, a juzgar por la forma en que lo miraban quienes pasaban por su lado y porque se le estaba revolviendo el estómago. Comenzó a andar hacia donde había dejado la moto. La sensación continuaba e incluso sentía cierta flojedad en las piernas. Quiso apurar el paso, pero no fue capaz de hacerlo y se sentó en uno de los bancos delante de la aduana. Se recostó para atrás y estiró los brazos por encima del respaldo del banco. Respiraba con fuerza mientras se convencía a sí mismo de que no podía perder el control. Un automóvil paró delante de su banco e hizo sonar la bocina. Mauro abrió los ojos y vio a un bujarrón que le hacía gestos para que se acercase, le gritó una palabrota, la más ofensiva que pudo recordar, y el conductor arrancó el coche con considerable imprudencia.

Este pequeño incidente fue suficiente para que el muchacho considerara que no había perdido el imprescindible dominio de sí mismo y fue en busca de la motocicleta.

Entró en la agencia y fue directamente a sentarse en la silla de Micha, que se encontraba en el despacho del viejo. La mujer, al verlo, salió dispuesta a protestar. Siempre estaba riñendo con Mauro porque ocupaba su sitio, decía que le revolvía los papeles y que después no encontraba nada y, además, que era una inaceptable invasión de su intimidad, expresión que el joven aprovechó para bautizar el lugar como el depósito de las intimidades de Micha, cosa que enfadaba más a la mujer.

Cuando Micha estuvo delante de Mauro e iba a comenzar la retahíla de protestas, observó el rostro serio del muchacho y se quedó callada mirando para él.

–¿Qué te ha pasado? –le preguntó después de un instante de silencio–. Estás muy serio y pareces preocupado por algo.

Mauro se levantó del asiento que ocupaba y dio vuelta a la mesa hasta encararse con Micha.

–Micha, este mundo es una porquería insoportable. Los hay que se van de él sin tener nada que agradecer a la vida y sin tener un momento en el que puedan decir de verdad que vale la pena vivir. Resisten como pueden a base de algo que llevan metido en la cabeza: la esperanza, que es la virtud de los que no tienen.

Micha nunca antes había escuchado hablar de esa manera a su compañero. Aquello era una novedad que la dejó desorientada y silenciosa.

–Por primera vez acabo de ver un muerto que me ha impresionado. Hasta ahora todos cuantos había visto eran indiferentes para mí, como indiferentes habían sido de vivos –continuaba el muchacho, de pie frente a Micha–. Ayer conocí por casualidad a un crío que me cayó bien, tenía una gran dosis de esa cualidad que empuja a buscar lo que no tienes y que, seguramente, nunca tendrás. Para él era el combustible que lo hacía carburar. Iba por la vida como en silencio, como pidiendo permiso para usar su tiempo de vivir. Seguramente carecía de futuro pero la esperanza no le permitía analizar tal circunstancia. Pues bien, a ese muchacho lo acaban de sacar del fondo del mar, vacío de cualquier esperanza. No me digas que no es para pensar que todo es una mierda y nada más que una mierda.

Micha continuó callada. Ni se le ocurría nada que decir ni le parecía que resultase adecuada ninguna cosa que pudiese objetar. Mauro puso sus manos sobre los hombros de la mujer, que tembló suavemente mientras acariciaba con suavidad las mejillas del joven. Se separaron y Micha fue a sentarse delante de la mesa.

–Mauro querido, cuánto dolor me causa tu sufrimiento –dijo en una voz tan bajita que resultó inaudible para nadie que no fuese ella misma.

Él se dirigió a la otra mesa que había en el local y se puso a escribir en el cuaderno en el que, diariamente, hacían constar las gestiones que proyectaban realizar en cada caso. Era la manera de que de un vistazo se supiera dónde estaba cada uno y en qué se ocupaba.

Salió a la calle y poco después estaba parado delante del número diecisiete de Vigal Díaz. No tardó en aparecer la mujer rubia que Henrique había seguido el día anterior hasta el mismo lugar. No parecía adoptar ninguna de las precauciones que, en estos casos, acostumbran a tomar las personas que temen ser descubiertas al hacer algo que pretenden ocultar. La mujer entró en el portal y, después de una corta espera, se metió en el ascensor. Mauro, que observó todo esto desde la acera de enfrente, todavía esperó algo más de media hora antes de entrar.

En el cuarto piso había dos puertas, una marcada con la letra D y otra con una E. Llamó en la primera y, aunque repitió otras dos veces la llamada, nadie respondió. Entonces probó suerte en la puerta de la izquierda, en la que, al pulsar el timbre, hizo sonar dentro una campanilla a la que no tardaron en seguir unos pasos que se acercaban. Abrió la puerta una mujer como de unos sesenta y tantos años, de cabello blanco recogido en un moño en la nuca. Llevaba un sencillo vestido gris sin más adornos ni frivolidades que un bolsillo a cada lado por debajo de la cintura.

–El Santo Corazón de Dios nos acoja en su divina integridad como nosotros acogemos al hermano que nos visita –predicó la anciana al mismo tiempo que se separaba un poco a la izquierda para franquear la puerta que mantenía abierta con una mano.

–Que Él os reciba como merecéis por la acogida que dais a los hermanos –acertó a salmodiar Mauro imitando el tono de la mujer e introduciéndose en la casa.

La mujer cerró la puerta tras de sí y comenzó a andar por un largo pasillo seguida del joven. La caminata acabó delante de una puerta con cristales que la mujer corrió dejando ver una amplia estancia de paredes desnudas de todo cuadro, cortinaje u otro adorno. En el frente más alejado de la puerta, a la derecha se veía un alto facistol de madera, desde el que se podría dominar la sala entera con facilidad, y a la izquierda un enorme estandarte blanco de unos dos metros de altura por metro y medio de ancho, en el que estaba dibujado un gran corazón de color rojo fragmentado en incontables pedazos.

El resto del local estaba ocupado por unas treinta sillas distribuidas en dos grupos entre los que discurría un pasillo cubierto por una alfombra en la que se podían ver una A y una Ω entrelazadas.

A una indicación de la vieja, Mauro entró. Había tres mujeres en las sillas de la derecha y cuatro hombres en las de la izquierda. Mauro se fue a sentar detrás de la mujer rubia que había provocado su presencia en tan curioso lugar, pero la mujer del cabello blanco lo cogió con cuidado por la manga de la cazadora y lo empujó para que se sentase en el grupo del otro lado, junto a uno de los hombres que, como todos los presentes, no había levantado en todo este tiempo los ojos del suelo. A continuación, la vieja se dirigió al fondo y, después de hacer una ostensible inclinación de cabeza delante del pendón, ocupó el facistol. Cogió un libro de tapas negras, lo abrió por un lugar previamente marcado por una cinta roja y comenzó a leer en alto.

El texto trataba de la creación del mundo por Dios, pero no era el Génesis de la Biblia, sino que, en este caso, la creación se producía por una especie de segmentación de Dios, de quien se iban desprendiendo trozos que daban origen a los animales, a las plantas y a todas las cosas, siempre de acuerdo con unos criterios un tanto simplistas, pero muy ingeniosos, pues las partes de Dios que daban origen a cada ser guardaban relación de nobleza con el ser creado. Todo esto sucedía sin merma ni detrimento de la integridad divina que permanecía siempre completa y única en Dios.

La última parte de la lectura hablaba de la maldición de Dios para todos cuantos intentaran, por cualquier medio, alterar la integridad o naturaleza de lo creado, en su estructura esencial, lo que era interpretado por la divinidad como una pretensión de alterar su misma esencia. Así, todo lo creado tendría que volver, al final de los tiempos, a formar parte de Dios, por lo que debería permanecer inalterado hasta la llegada de la hora de esa reintegración.

La sacerdotisa cerró el libro y todos se pusieron de pie coreando salmodias que resultaban irrepetibles para el visitante, que también estaba de pie. Se hizo un nuevo silencio y los presentes comenzaron a adelantarse hacia donde estaba la vieja, de la que recibían una imposición de manos, hacían una gran inclinación de cabeza delante del pendón y desfilaban hacia la salida en silencio, siempre con la cabeza baja y la mirada clavada en el suelo. Cuando salió el último, la vieja se acercó a donde estaba Mauro, que había permanecido inmóvil en su sitio, y le puso una mano sobre la cabeza al tiempo que le decía:

–Todo hombre es un trozo del Corazón de Dios y a Él tiene que regresar. Quien no conserva íntegro e inalterado su cuerpo peca contra el Santo Corazón y nunca tendrá perdón para él. Mantén, pues, tu cuerpo limpio de cuanto puede herir al Corazón Divino.

Mauro escuchaba todo aquello sin más interés que el de ver cuándo acababa para salir de allí pitando.

–La Iglesia del Santo Corazón de Dios recibe a todos los hombres sin preguntarles cómo se llaman o de dónde vienen –prosiguió la vieja sin retirar la mano de la cabeza del joven–. Ahora vete y vuelve siempre que quieras, pero cuídate mucho de no indicarle a nadie, que nos quiera hacer mal, el camino para llegar hasta nosotros, porque entonces estas puertas quedarán cerradas para ti y la ira del Santo Corazón de Dios te perseguirá vayas a donde vayas y vivas el tiempo que vivas.

La mano de la mujer aflojó la ligera presión que hacía sobre la cabeza de Mauro y éste interpretó el gesto como señal de que aquello había finalizado. Se encaminó a la salida y no esperó el regreso del ascensor, se lanzó escaleras abajo saltando los peldaños de dos en dos. Cuando llegó a la calle ya no se veía a ninguno de los que acababan de ser sus compañeros de oración.

Comió en el bar de Eusebio. No tenía ánimos para ir a otro sitio, así que también aceptó el agua de fregar que el tabernero daba por café, pero no tuvo necesidad de tomarlo porque, mientras revolvía el azúcar, Eusebio le hizo un gesto de que lo llamaban por teléfono.

Era Nacho que quería saber sobre la situación del caso de la mujer rubia. Le dijo que estaba resuelto y que a media tarde pasaría por la agencia para hacer el informe.

Pagó la comida, el café era invitación de la casa, y se marchó. Le dolía ligeramente la cabeza y pensó que debía dormir un poco.

En casa, puso el tocadiscos y se tumbó en el sofá mientras Mick Jagger cantaba:

Well we all need someone we can lean on.
And if you want it well you can lean on me.
Well we all need someone we can lean on.
And if you want it well you can lean on me.

Se despertó hacia las seis. Se metió en la ducha y dejó que el agua, a la máxima temperatura que era capaz de soportar, le resbalase por el cuerpo. Aquello acabó de relajarlo.

Pasaban de las seis y media cuando entró en el despacho del viejo que ya estaba impaciente por la tardanza. Así que no le dedicó más que un gesto de interrogación al recién llegado.

–La fulana no tiene ningún ligue extramatrimonial –comenzó Mauro–, lo único que hace en la casa de Os Campóns es rezar, por decirlo de alguna manera.

–¿Rezar? –preguntó Nacho extrañado.

–Rezar o algo parecido. En aquel lugar está la Iglesia del Santo Corazón de Dios, que debe ser la religión que ella profesa.

–Pero eso no es para ocultárselo a su marido. ¿Por qué no se lo ha dicho?

–Eso ya no lo sé. Si quieres le voy a preguntar cuándo se convirtió y por qué no se lo ha contado a su maridito; tan desconfiado como es, seguramente merece que la gente le abra el corazón y que le confíe sus secretos.

–No, está bien así. Redacta el informe para las siete y media. ¿Tienes fotos?

–No tengo fotos, pero si quiere comprobarlo no tiene más que ir a Vigal Díaz, diecisiete, cuarto piso, que dejan pasar a todos cuantos llegan. Incluso pienso que no le vendría mal un sermón de la sacerdotisa mayor de la Iglesia del Santo Corazón de Dios.

–Déjate de historias y haz el informe.

Mauro estaba escribiendo a máquina con la velocidad de los piojos andando por la ceniza cuando entró Micha.

–¿Qué tal, Mauro? –le preguntó mientras colgaba el chaquetón del perchero.

–Bien, bien. ¿A ti qué se te pierde por la tarde en la oficina?

–Tengo que preparar la factura correspondiente al informe que estás haciendo, así que cuanto antes acabes mejor.

–Cinco minutos más y esto está listo –dijo el muchacho mientras borraba con furia en el papel que tenía en la máquina.

Micha se sentó delante de su mesa y comenzó a revolver en unos papeles.

–¿Sería una grave afrenta a tu machismo impenitente y totalmente desproporcionado para tan corta edad, si te invito a cenar esta noche? –le preguntó Micha sin levantar la vista de los papeles.

–Mi machismo es desproporcionadamente inferior a mis disponibilidades económicas, por lo tanto no me impide aceptar todo tipo de convites e incluso leves insinuaciones a tomar algo. ¿Dónde cenamos?

–En mi casa –respondió la chica.

–¿Con tu madre? –la interrogó Mauro levantando la vista del teclado de la máquina de escribir.

–Mi madre no está. Hace tres días que se fue para cuidar de mi tía Anuncia y no creo que vuelva en toda la semana que viene.

Mauro entregó a Micha una copia del informe y fue a llevarle el original a Nacho. Cuando volvió se acercó a la mesa de la mujer, apoyó las dos manos en el tablero y le dijo:

–Micha, tú tienes un amigo que es periodista, ¿no es así?

–Tengo. Es Manolo Freire. Somos amigos desde pequeños. ¿Por qué?

–¿En qué periódico trabaja?

–No está en ningún periódico, trabaja en la radio.

–¿Por qué no lo invitas a cenar a él también?

Micha quedó callada un instante. Volvió a poner los ojos en los papeles y sin mirar para Mauro le dijo:

–¿Qué te pasa? ¿No quieres cenar conmigo a solas? ¿Tienes miedo de que te haga algo, o qué?

–No seas tonta. Claro que quiero cenar a solas contigo e incluso te prometo que la semana que viene cenaremos los dos en mi casa, pero ahora me interesa mucho hablar con ese Manolo Freire, y mejor hoy por la noche. Hazme ese favor e invítalo a cenar a él también.

–Está bien. Lo llamaré. ¿No quieres que venga nadie más? Si te parece podemos invitar a otros cuatro o cinco, siempre estarás más seguro.

Mauro no respondió a esta última ironía de la joven, que ya marcaba un número en el teléfono.

–¿A las nueve y media? –preguntó Micha mientras esperaba que le respondiesen a la llamada.

–A las nueve y media –respondió Mauro.

Esperó a que le quedase confirmada la presencia del periodista y salió de la oficina.

–Hasta dentro de un rato –dijo cuando ya salía por la puerta.

–A las nueve y media –le gritó Micha al verlo desaparecer de su vista.

Comenzó a caminar a buen paso por la acera y en poco tiempo estuvo en su casa. Se duchó y se puso una camisa limpia. Después sacó del fondo del armario una caja de herramientas y metió en la pequeña maleta de la moto una potente linterna a la que le comprobó el estado de las pilas, un destornillador grande y un desmontador de ruedas de camión. Cerró la maleta con llave y bajó al garaje. Salió en la moto y se dirigió directamente a casa de Micha.

Cuando la joven abrió la puerta ya eran las diez menos cuarto. Al entrar en el salón, un hombre que estaba en un sofá se puso de pie al verlo aparecer. Tendría unos treinta años y era delgado, poco más de la mitad de la estatura de Mauro. Fumaba en una pipa que casi le tapaba la cara. Un bigote descuidado intentaba disimular el labio leporino.

–Manolo Freire, Mauro –dijo Micha haciendo la presentación de rigor.

Ambos se mostraron encantados de conocerse y Manolo Freire se volvió a sentar en el sofá, mientras que Mauro acercó una silla para situarse cerca del periodista.

–Yo que venía todo ilusionado porque Micha me invitaba a una cena íntima, que interpretaba como justo resultado de mis requerimientos de tantos años, y resulta que me dice que eras tú quien tenía interés en hablar conmigo –dijo Freire con una pronunciación nasal que acentuaba su escasez de encantos físicos.

–Cierto, pero no es cosa de mucha importancia, ya hablaremos mientras cenamos –dijo Mauro con cierto aire de desinterés por el asunto–. ¿Falta mucho? –preguntó volviéndose hacia la mujer que permanecía de pie.

–En las películas de la televisión las visitas siempre preguntan si ayudan en algo. En las escuelas deberían enseñar los guionistas de la tele. Ya no falta nada, detrás de ti está la mesa puesta, si le das la vuelta a la silla, te quedan los morros al nivel del comedero y puedes comenzar cuando quieras.

Mauro hizo un gesto como indicando que no estaba el horno para bollos y se levantó. Colocó su asiento junto a la mesa. Freire también se acercó y cogió la silla de Micha por el respaldo para ayudarle a acomodarse. A continuación los dos hombres se sentaron y Micha sirvió los platos.

Micha y Freire hablaron largo tiempo de los recuerdos de la infancia que pasaron juntos en el mismo pueblo y Mauro comió fingiendo interés pero sin atender a lo que decían.

–No sé si no estaremos aburriendo a tu amigo con nuestras historias, Micha –dijo Freire–. ¿De qué asunto querías hablar conmigo?

–¿Estás enterado de que hoy por la mañana ha aparecido un cadáver en el puerto, justo frente a la aduana?

–Lo estoy. Era un muchacho de dieciséis o diecisiete años que estaba totalmente indocumentado. ¿Por qué me lo preguntas? ¿Lo conocías?

–No, no lo conocía –se apresuró a mentir Mauro–. Es que estaba allí cuando lo sacaron y me apetecía saber si sería algún chapero de los que trabajan en el lugar. Tengo entendido que hay algunos matones que los quieren chulear y los están amenazando.

–Eso es fácil de saber, no hay más que ver el informe del forense que hizo la autopsia.

–¿Y tú lo has visto?

–No lo he visto, pero estoy seguro de que algún compañero de los que hacen el juzgado lo habrá visto. ¿Quieres que le pregunte?

–Si no es mucha molestia.

–Molestia ninguna –dijo Freire poniéndose de pie y dirigiéndose al teléfono–. Espera que te lo digo ahora.

Micha, que había escuchado callada la conversación entre sus invitados, miró a Mauro interrogante.

–Ya te lo explicaré mañana –le dijo Mauro en voz baja.

Freire regresó a su sitio y se sentó a la mesa.

–Por lo visto no es un chapero. La policía también pensaba eso, pero se trata de un chaval no homosexual del que no se tienen datos. El forense dice que cayó al agua ya sin sentido a consecuencia del golpe que tenía en la cabeza, que había sido muy fuerte. Seguramente se cayó de un barco, están preguntando si falta algún tripulante.

–Muchas gracias –dijo Mauro–. Eso era lo que quería saber.

El resto de la cena el periodista se dedicó a preguntar por el trabajo que Micha y Mauro hacían. Aunque se mostraba más interesado por las actividades del muchacho, casi todas las preguntas fueron respondidas por la mujer ya que Mauro no se mostraba muy hablador.

Hacia las doce de la noche Freire manifestó deseos de marchar, alegando que tenía que madrugar mucho. Mauro aprovechó para irse él también. Bajaron juntos en el ascensor y se despidieron en el portal. El periodista entró en su automóvil y el joven se montó en la moto.

La playa de A Pedreiriña había sido en tiempos una de las más populares de la ciudad. Raro era el habitante de la parte sur que no había aprendido a nadar allí, bajo la atenta vigilancia de las madres que cosían redes. Muchos sabían la manera de librarse de estas miradas para iniciarse en las artes amatorias. La especulación, en connivencia con la venalidad política, la convirtió en unos varaderos que, después del tiempo necesario para justificar el empleo de subvenciones, ayudas oficiales y créditos con amparo estatal, tras una oportuna suspensión de pagos, derivó en el cierre y abandono en el que ahora se encuentran. Ya no quedan más que unas instalaciones en progresivo deterioro y un par de barcos varados en el arenal contiguo.

Mauro dejó la moto a unos setecientos u ochocientos metros de la cancela que cerraba la entrada al astillero. Bajó a pie casi hasta la entrada y se desvió por un camino paralelo al muro que separaba las instalaciones navales de tierra firme. Cuando estuvo a la altura del arenal, trepó por la muralla y saltó al otro lado. La noche era oscura, pero pudo divisar los barcos varados que recortaban su sombra contra el horizonte marino.

Una escalera de mano amarrada en la proa de uno de los barcos le permitió colarse en su interior sin dificultad. Encendió la linterna y comenzó a andar por la cubierta hasta encontrar un lugar por donde bajar para inspeccionar debidamente el interior del barco. La impresión de abandono era casi total, había trastos por todas partes y óxido en todo cuanto se tocase. Mauro no dejó un rincón del barco sin mirar y cuando le pareció que su inspección había sido suficientemente minuciosa regresó a cubierta.

Un tablón le permitió pasar a la segunda embarcación. En el puente pudo leer el nombre del barco: A Pomba. Se dirigió escaleras abajo; el estado de abandono era semejante al del compañero. Fue abriendo puertas y comprobando que todos los compartimentos estaban en estado ruinoso, hasta que encontró uno en el que alguien había separado los trastos hacia una esquina dejando parte del suelo libre. Ayudándose con la linterna buscó por todas partes hasta dar con un bidón cortado por la mitad en el que había una bolsa de plástico de los grandes almacenes en que trabajaba Inés y una manta vieja. Sacó todo para fuera y examinó el contenido de la bolsa. En ella había una linterna pequeña, una muda de ropa interior sin estrenar, tres paquetes de pañuelos de papel, un sobre amarrado con una goma elástica que contenía un documento de identidad, unas fotografías y dos o tres papeles con anotaciones. Mauro se metió el sobre en el bolsillo y volvió a dejar la bolsa y la manta en el bidón. Echó una última mirada alrededor y salió de nuevo al pasillo.

En la puerta siguiente tampoco había nada que le llamara la atención. La última puerta del fondo estaba cerrada con un candado que no fue suficientemente resistente como para no ceder a la palanca que el muchacho hizo con el desmontador de ruedas. Prácticamente estaba vacío, pero no presentaba el estado de abandono en el que se encontraban los otros. En él había dos sillas y dos taburetes pequeños, del techo colgaba una lámpara de gas.

Mauro regresó a cubierta y se dirigió al lugar donde había colocado el tablón para pasar de un barco a otro, pero aquél había desaparecido. Miró alrededor y no lo encontró. Se inclinó sobre la barandilla y, con la ayuda de la linterna, lo vio tirado en el suelo. No tuvo tiempo de darse la vuelta cuando sintió que alguien andaba detrás de él, porque enseguida recibió un fuerte golpe en la parte baja del cuello. Un fortísimo dolor le recorrió el espinazo al tiempo que sentía una punzada en el interior de la cabeza. Se giró con dificultad y contempló el rostro de su agresor. Allí estaba el hombre calvo que se había acercado a Henrique la noche anterior, que ya se preparaba para asestarle un nuevo golpe. El tiempo de hacerse a un lado y el puño silbó en el aire. La rodilla de Mauro frenó el impulso del hombre, que abrió la boca para gritar, sin embargo no fue capaz de hacer nada que le restase fuerza para tomar el aire que el golpe le hizo expulsar de súbito. El joven aprovechó para salir del lugar que ocupaba contra la baranda de la cubierta y que no le permitía la movilidad que la situación requería. El agresor, con las dos manos apoyadas en la barandilla y la cabeza metida entre los brazos, se esforzaba por respirar hondo cuando recibió una nueva patada en un costado que agravó sus problemas de respiración, pero, aún así, se dio la vuelta rápido y en su mano derecha apareció una navaja abierta. Mauro buscó con la mirada el desmontador y lo vio tirado a los pies del enemigo, que ya cortaba con la navaja a escasos milímetros del estómago de Mauro. Éste saltó hacia atrás y le dio una nueva patada que casi lo tira al suelo al no encontrar freno en el cuerpo del agresor, quien nuevamente cortaba el aire en dirección opuesta haciendo, esta vez, un agujero en la cazadora del muchacho. Un instante en el que la navaja quedó retenida por la cremallera de la prenda fue suficiente para que Mauro metiera dos dedos en los ojos del calvo, que gritó como un loco mientras limpiaba, con la mano izquierda, la sangre que le brotaba. Mauro dio un salto hacia el agresor pero fue a parar al suelo, cuando una patada en el estómago cortó de repente su vuelo. Aún así pudo alcanzar el desmontador y darse la vuelta justo cuando el calvo, con el rostro ensangrentado, también volaba con la intención de aterrizar encima de él. Se separó medio metro y el aterrizaje fue sobre la madera de la cubierta. El individuo amortiguó el golpe con los brazos y, tras girarse, le mandó un viaje con la navaja. Mauro sintió, sin que le doliese, que rompía su carne en el muslo de la pierna izquierda.

La pelea tuvo entonces una pausa en la que sólo se escuchaban las dos respiraciones disneicas. El hombre seguía con la cara cubierta de sangre y con la navaja en la mano. Mauro, con el desmontador bien agarrado, notaba húmeda la pernera izquierda del pantalón. El calvo se lanzó una vez más hacia el muchacho con la navaja por delante; Mauro la dejó pasar al mismo tiempo que levantaba su mano armada, le descargó un fuerte golpe en la muñeca y escuchó el sonido de los huesos al quebrar. El joven no esperó ninguna reacción de su contrincante, lanzó el desmontador hacia arriba hasta batir con la mandíbula del calvo que saltó hacia atrás y quedó tendido en el suelo, boca arriba e inmóvil.

Mauro no se preocupó de sí mismo hasta tener al hombre bien amarrado con las cuerdas que encontró en el puente del barco. Miró su herida, no era profunda ni parecía revestir gravedad a juzgar por lo despacio que sangraba.

Cuando vio que el calvo comenzaba a reaccionar se acercó a él y se sentó a caballo sobre su pecho, le puso la navaja con la punta metida en el agujero izquierdo de la nariz y le dio un par de buenas bofetadas para que acabase de despertar. El calvo abrió los ojos y Mauro encendió la linterna delante de la cara ensangrentada. El hombre pestañeó.

–Muy bien, melón, ahora me vas a contar algunas cosas que tengo curiosidad por saber –le dijo Mauro sin quitarle la punta de la navaja de la fosa nasal.

El calvo farfulló una serie de procacidades que pararon cuando Mauro hizo algo de presión con la navaja.

–Para empezar, ¿qué querías del chaval que vendía pañuelos de papel en el semáforo?

–No sé de qué muchacho me hablas –dijo el calvo revolviéndose bajo el peso de Mauro.

–Pues haz memoria si no quieres quedar desnarigado –dijo Mauro mientras hacía presión con la navaja–. Ayer te dirigías hacia él, pero cuando me viste aparecer a mí, te diste media vuelta. Y no te hagas el tonto, que me voy a cabrear de veras.

–Yo no sé nada de eso –volvió a responder el hombre–. Puedes matarme y no te diré nada, porque nada hay que decir.

Mauro tiró de la navaja hacia arriba y ésta cortó limpiamente el cartílago nasal que comenzó a sangrar profusamente mientras el hombre soltaba un grito.

–Grita cuanto quieras, aquí nadie te va a escuchar. Ayer sorprendisteis aquí a un muchacho cuando teníais una importante reunión de no sé qué. Tú corriste tras él, pero no pudiste alcanzarlo. Por fin lo localizaste cerca de la iglesia de San Roque. ¿Qué querías de él?

–Sólo quería darle un susto para que no volviera al barco; fue lo que me mandaron –dijo ahora el hombre asustado.

–¿Quién te mandó?

–A mí me mandó Severo, que fue quien corrió tras él. Registramos unas bolsas que dejó al huir y estaban llenas de paquetes de pañuelos de papel, por eso supusimos que los vendía en los semáforos y di con él por la noche.

–Y después viniste aquí para esperarlo y cuando llegó le diste un golpe y lo tiraste al mar. ¿No es así?

–Yo no lo volví a ver, malamente lo pude matar.

–Eres un mentiroso y ahora te voy a cortar una oreja, para que aprendas a decir siempre la verdad –dijo Mauro al tiempo que le cogía una oreja con la mano izquierda y le ponía la navaja en disposición de hacer lo que decía.

–Aunque me mates no te diré más de lo que te estoy diciendo, porque yo no pude tirar a nadie del barco la noche pasada, pasé la noche en mi casa.

–Ya –le replicó Mauro con ironía–, ayer estabas en tu casa y hoy pasabas por aquí por casualidad. ¿No eres tú el vigilante nocturno?

–No lo soy. Aquí no hay vigilante, porque no hay nada que vigilar. Vine porque Severo me mandó pasar para echar un vistazo como hace muchas veces, ni me da explicaciones ni yo se las pido.

Mauro permaneció un instante en silencio. Apartó la navaja de la oreja y se levantó.

–¿Quiénes estaban ayer aquí reunidos cuando descubristeis al muchacho?

–Tampoco sé quiénes son. Me estás haciendo preguntas que sólo Severo te puede responder. Él es quien manda, a mí me dice que deje abierto y la lámpara con gas. Después me voy al otro barco hasta que viene a decirme que cierre otra vez –la cara ensangrentada del calvo reflejó una sonrisa irónica–. ¿Por qué no se lo vas a preguntar a él ya que eres tan valiente?

–Si me dices dónde lo puedo encontrar descuida que se lo preguntaré. Y estoy seguro de que me lo vas a decir, ¿a que sí?

–Vive por A Queimadela, pero no sé en qué casa.

–¿Para quién trabajáis tú y Severo? ¿Quién os paga?

–A mí Severo, a él no lo sé, supongo que el patrón. De todos cuantos hemos trabajado en el astillero, sólo Severo y yo seguimos aquí. Él se encarga de todo y yo hago lo que me manda.

–Cuando hablas del patrón, ¿te estás refiriendo a Celso Mendaña, el dueño de los varaderos?

–Aún viene por aquí alguna vez con Severo, así que supongo que sigue siendo el dueño.

Mauro se acercó al hombre y lo puso de espaldas. Con la navaja cortó las ataduras de las manos. El brazo derecho estaba muy inflamado como consecuencia de la brutal fractura que le había producido el golpe con el desmontador en la muñeca. El hombre se incorporó y permaneció sentado en el suelo de la cubierta.

–Supongo que ahora irás a contarle la aventurita de esta noche a Severo, así que no tendré que buscarlo. Ya se encargará él de dar conmigo. De todas formas, para cuando llegue ese momento, dile que el chaval era amigo mío y ahora que ya sé quién lo mató, quiero saber por qué.

El joven saltó del barco a la arena y echó a andar en busca de la motocicleta.

IV

Lo despertó el timbre de la puerta que sonaba con insistencia. Se levantó y, al poner la pierna izquierda en el suelo, sintió un dolor en el muslo que le hizo acordarse de la herida. El timbre sonaba de nuevo. Se bajó el pantalón del pijama y vio la herida inflamada, la palpó con la mano y notó el suave calor de la infección. Se dirigió hacia la puerta cojeando y abrió. La generosa figura de una Fernanda de pie a aquellas horas –a las doce de la mañana– era un seguro contra toda concupiscencia e incluso una invitación a la pureza de por vida. Cuando se quitó las gafas oscuras que traía, un círculo cárdeno que se dibujaba alrededor de sus ojos le daba el aspecto de un boxeador después de un combate en el que se había llevado la peor parte. Los pálidos labios parecían los de una muerta.

–Mi pequeño Mauro, hijo mío, debes de tener el sueño tan atrasado como yo, porque llevo tiempo y tiempo llamando –le saludó la mujer–. No me fui porque escuchaba la música y sabía que estabas.

–Llevo dos noches acostándome muy tarde –se disculpó Mauro.

–¿Puedo pasar, o no estás solo? –preguntó Fernanda escudriñando hacia el interior de la vivienda.

–Pasa, pasa –se apartó de la puerta para franquearle el paso y la mujer fue derecha hacia el sofá, en el que se dejó caer de golpe al mismo tiempo que lanzaba lejos los zapatos–. Haz café para dos que, por lo que he escuchado, es lo que se necesita tomar tan temprano.

Mauro se puso a trajinar con los utensilios de la cocina para preparar lo pedido. El culinario, precisamente, no era el arte que mejor dominaba el muchacho, pero era capaz de hacer un café mejor que el del bar de Eusebio. Mientras ponía agua al fuego preguntó:

–¿Qué es lo que te trae por aquí a estas horas del día? Grave tiene que ser cuando tú, que vives como las lechuzas, vuelas tan lejos a plena luz del día.

–Me haces un encargo y ahora resulta que te parece extraño que venga a tu casa.

–¿Sabes algo? –preguntó sin darse la vuelta para no aparentar un interés excesivo.

–Si Fernanda le dice a su hijo putativo que le va a hacer un favor, ya se puede dar por hecho.

Mauro había conocido a Fernanda recién llegado a la ciudad cuando no tenía más que quince años. Se acercó a ella como precoz cliente cuando la mujer hacía la carrera en el barrio chino, y acabó viviendo en su casa cerca de seis meses seguidos. Desde entonces aún había pasado con ella varias temporadas, más o menos largas, cada vez que no tenía adónde ir. En algún cajón del domicilio actual del muchacho estaba la llave de la casa de Fernanda.

–Cuéntame. ¿Has encontrado a la chica que estoy buscando?

–Has apuntado bien, pero has fallado el tiro. Merexildo tiene una nueva adquisición a punto de caramelo, pero por ahora no la ha colocado en ninguno de sus locales. Está bien encerrada bajo siete llaves como las princesas de los cuentos de los niños. La ha escondido en un piso que tiene para las chicas de paso. Parece ser que se llama Maria do Céu «nosequemás».

–Espera –la interrumpió Mauro dirigiéndose corriendo al dormitorio. Cogió el pantalón y, del bolsillo trasero, sacó el sobre que había encontrado en el barco. Rebuscó en él hasta encontrar el documento de identidad. Volvió con él en la mano–. ¿Será Maria do Céu Ramalho Silva? –preguntó.

–Será, no me acuerdo de los apellidos, sólo del nombre, que me chocó por lo bonito que es.

Mauro echó el café en el agua hirviendo y, por más que anduvo en todos los mandos de la cocina, no pudo evitar que se vertiese. Lo pasó por un colador de tela directamente sobre las tazas. Lo llevó a la pequeña mesa que había delante del sofá. Trajo un par de terrones de azúcar «especial para esta casa» y se sentó al lado de la mujer.

–¿Y tiene un hijo de pocos meses? –le preguntó.

–No tiene ningún niño.

–Entonces no es la que busco –se decepcionó Mauro.

–Espera, espera, no corras tanto. Es la que tú dices, porque todas las fechas que me has dado coinciden y no tiene un niño porque malparió cuando estaba de seis meses a consecuencia de una caída. Por causa del hambre que pasó en los primeros días que estuvo en la ciudad, una tarde se desmayó en la calle y cayó no sé dónde. La llevaron al hospital y perdió a la criatura. No sé cómo ha ido a parar a las garras de Merexildo y hasta aquí llegan mis informes.

–No sabes cuánto te agradezco el favor que me acabas de hacer, Fernandiña.

–¿Y se puede saber por qué tienes tanto interés por la palomita?

–Es un favor que me pidió un amigo y se lo hago de muy buena gana. Anda, tómate el café que se te enfría.

–Me sorprende escucharte decir que tienes amigos, pero me gusta –dijo Fernanda dando un sorbo al café–. Y también me gusta que vayas aprendiendo a hacer café, porque está muy bueno, realmente bueno.

–En poco tiempo he aprendido muchas cosas. Así que Merexildo la tiene esperando a que sea el momento de ponerla a trabajar en uno de sus locales –dijo Mauro como para sí.

–O para pasársela a otro como él. Por un capullito así puede sacar un buen montón de dinero.

–¿Y dónde la tiene? –Mauro volvió a interrogarla.

–Eso no me lo han querido decir. Seguramente si insisto un poco también lo podría averiguar, pero no conviene que se me note mucho interés por los asuntos que Merexildo lleva en secreto. Lo que sé es que en esa misma casa vive la Carballesa, ella es quien manda allí cuando no está el patrón.

Mauro no manifestó ningún tipo de sorpresa al escuchar esta última revelación de Fernanda. Se levantó y fue a llevar las tazas del café a la cocina. Regresó al sofá y se sentó de nuevo. La mujer se incorporó ligeramente y, poniendo su gorda y caliente mano en el brazo del joven, le habló despacio:

–No hace falta que te diga que si Merexildo se entera de que te he contado esto, me da una patada en el culo y me pone en la calle. Yo ya no estoy para hacer la calle. Cada año que pasa se me nota más de lo necesario para este trabajo. Me viene bien ir dejando pasar el tiempo donde no haya mucha luz, así todavía puedo ir haciendo un duro. Con decirte que hace un año me he puesto a ahorrar...

–Descuida, Fernanda, por mí no se va a saber nada. Aunque a estas alturas Merexildo ya debe saber por la Carballesa de mi interés por la tal Maria do Céu.

La mujer se puso de pie para irse.

–¿Es cierto que tienes novia? Me creas o no, de verdad que me gustaría mucho que eso fuese cierto.

–Pues ya no hay nada de eso. Siempre he estado solo. A la gente le cuesta acomodarse a mi paso. Enseguida lo encuentran largo o corto de más. Hasta puede ser que tenga un paso irregular, no sé...

Se despidieron en la puerta del ascensor y Mauro regresó al interior de la vivienda.

Bajó hasta el bar de Eusebio, que se encontraba muy concurrido. Pidió una cerveza y el tabernero le dijo que Micha había dejado recado de que la llamara lo antes posible. Llamó a la agencia y no contestó nadie. Volvió a situarse delante de la cerveza cuando entró por la puerta Lurpio. Se notaba bien que venía recién picado. Comenzó a saludar a todos los conocidos dándoles fuertes golpes en la espalda al tiempo que decía en voz alta el nombre de cada uno como si estuviera pasando lista. Cuando le tocó el turno de saludar a Mauro, se sentó a su lado.

–¿Has leído el periódico de hoy? –le preguntó en tono confidencial.

–¿Es que tú sabes leer? –se rió Mauro.

–Déjate de gilipolleces –le cortó Lurpio–. Para lo que yo necesito sé suficiente, y por eso he visto que en el periódico de hoy viene una foto de tu colega al que ayer me mandaste que le diera un recado. Por cierto que no ha salido muy guapo que digamos.

Mauro se dirigió al mostrador y cogió el periódico. Regresó a la mesa que ocupaba y comenzó a hojearlo hasta que encontró lo que buscaba. Allí estaba el rostro medio destrozado de Henrique. Debajo se hablaba del descubrimiento en las aguas del puerto de los restos de un joven no identificado y se solicitaba la colaboración de quien pudiera facilitar datos para saber quién era. Mauro se giró hacia Lurpio y lo miró con gesto serio.

–¿Cómo estás, Lurpio? –le preguntó.

–Ahora mismo como las mismas rosas.

–Pues escucha bien lo que te voy a decir. Ni una palabra a nadie de que tú y yo conocíamos a este tío. Olvídate para siempre de que lo has visto alguna vez o de que yo lo conocía.

–Tranqui, colega, tranqui. Yo soy legal.

–Más te vale, porque si escucho por ahí algo de esto que no dijese yo, el peor mono que hayas pasado no será nada comparado con cómo te voy a dejar. No quiero que la pasma meta las narices en un asunto en el que estoy interesado y si tengo que decirles que lo conocía se va todo a hacer puñetas. Así que ya sabes, chitón y a lo tuyo.

–Nada, tío, que ya no sé de qué me estás hablando. ¿Te ha dado Eusebio los discos que le he dejado para ti? –le preguntó para cambiar de tema.

–He venido a por ellos –mintió Mauro, que ya se ponía de pie para pagar la cerveza y reclamarle al tabernero los discos. Eran dos y en ambos estaba la mirada triste de Leonard Cohen atravesada por una gran firma que decía: «M.ª Elisa Pereira Domínguez». Intento de preservar la propiedad que se había revelado totalmente inútil en el caso presente.

Antes de regresar a casa, se metió en una cabina telefónica y marcó de nuevo el número de la oficina. Esta vez tampoco le respondió nadie. Llamó a casa de Micha y ella misma contestó.

–Soy Mauro. ¿Qué querías?

–Nacho quiere verte urgentemente. Tiene un asunto para ti, pero es urgente. Por la tarde va a estar en la oficina hasta las cinco o cinco y media. Que pases por allí.

–Vale, gracias. Si puedo ya pasaré. Y si no, mañana.

–El trabajo hay que hacerlo hoy.

–De acuerdo, de acuerdo. Ya veremos. Hasta luego.

Salió de la cabina y fue a comer un plato combinado en una cafetería de su barrio.

Ya en casa, colocó los dos nuevos discos al lado de los otros. Puso el tocadiscos y, tumbado en el sofá, escuchó que Mick Jagger le hablaba antes de quedar dormido:

I've been walking Central Park.
Singing after dark.
People think I'm crazy.
Stumbling through the street

Asking people «what's the matter with you,
boy».
Sometimes I want to say to myself.
Sometimes I say.
Hoooohoooo hoooohoooo hoooohoooo.

Cuando llegó a la agencia, Nacho ya se estaba preparando para marchar, pero al verlo entrar volvió a sentarse detrás de su mesa.

–Ya pensé que no venías. Si me llegas a dejar colgado esta vez, puedes estar seguro de que acababas conmigo –dijo en un tono amenazador que a Mauro no le hizo ningún efecto.

–Está bien. ¿De qué se trata?

–Simplemente de hacer unas fotos a un tío cuando salga de una casa –dijo el detective con cierta prevención–. Ni yo he hecho preguntas ni tú me las hagas a mí.

–Eso huele que apesta a trabajo sucio. ¿Quién te lo ha encargado?

Nacho permaneció un instante en silencio antes de responderle:

–Si te digo que es un trabajo confidencial, supongo que te darás cuenta de que si lo haces y no quieres saber más de lo que debes, toda la responsabilidad es mía.

–Escúchame bien. No soy ningún estrecho que me vaya a poner sentimental porque pillen a quien sea donde no quiera que se sepa que anda, pero hacerle unas fotos sin más, huele de lejos a chantaje, y eso es algo en lo que yo no colaboro. Cada uno que ande por donde le apetezca mientras que no haga mal a nadie.

–Debo de entender, entonces, ¿que te niegas a hacer el trabajo?

–Debes entender que si no sé más del asunto no hago las fotos, nada más.

Nacho se dirigió al armario donde guardaba el material fotográfico y cogió una cámara y un teleobjetivo.

–Está bien, lo haré yo, no se hable más.

–Pues no se hable más –respondió Mauro saliendo delante del detective desnarigado.

–Por cierto, hoy llamaron dos veces preguntando por ti.

–¿Quién? –le interrogó Mauro

–Al decirle que no estabas colgaban sin más. Era una voz de hombre.

Mauro se fue sin más conversación y comenzó a dar vueltas por la ciudad en la moto hasta que oscureció. Cenó en la barra de una cafetería y marchó para casa a dormir.

A las dos de la mañana sonó el reloj de pulsera y se levantó de la cama. Se duchó y salió fuera. Anduvo hasta una parada de taxis, cogió uno y en él se dirigió a las afueras de la ciudad.

Eran ya las tres de la mañana cuando mandó al taxista que diera la vuelta por detrás del Memphis y que apagara el motor y las luces. El taxista le preguntó si tendría que esperar mucho.

–Poco –le respondió Mauro.

–Pues, entonces, voy a fumarme un cigarrillo –dijo el taxista sacando el paquete del bolsillo de la camisa.

–Preferiría que no fumaras. No quiero que nadie se fije en nosotros. Un taxi parado y con las luces apagadas, parece un coche vacío, ahora que, en cuanto se ve dentro una brasa, enseguida se dan cuenta de que no es una luciérnaga. Si quieres echar una cabezada, puedes, ya te despertaré cuando tengas que arrancar.

El taxista guardó de mala gana el paquete de tabaco en el bolsillo. Se dejó resbalar por el asiento, cruzó los brazos delante del pecho e intentó dormir.

La puerta del Memphis se abría a cada dos por tres y dejaba salir a un cliente que, dando bandazos, cogía su automóvil y se marchaba. No tardó en llegar un taxi que paró delante de la puerta y dio dos débiles toques de bocina. Se apagaron las luces exteriores del local y salieron las tres mujeres. Dos se dirigieron directamente al taxi, la tercera se retrasó un poco en cerrar la puerta y se sentó al lado del conductor.

Mauro le tocó ligeramente en el hombro al taxista, que se desperezó con lentitud.

–Atento. Cuando arranque ese taxi déjalo ir un poco delante y después síguelo con cuidado, pero sin perderlo.

–Me parece que estoy en la televisión. ¿Quién va en ese taxi? ¿Tu chica?

–Tú intenta seguirlo como si fuese tu mujer y no hagas más preguntas.

El taxi de las mujeres enfiló por la pista que unía el lugar donde estaba situado el Memphis con la carretera que llevaba a la ciudad. El segundo taxi esperó a que el que lo precedía no se pudiera dar cuenta de su presencia, para encender el motor y las luces. Cuando arrancó ya no se veía el auto que transportaba a la Carballesa y a sus compañeras.

Por la ciudad desierta la persecución resultaba más complicada. El coche que llevaba a las mujeres dejó a la primera en una esquina de una calle y al que llevaba a Mauro no le quedó más remedio que adelantarlo para que no advirtiera su presencia. Por unos minutos estuvieron a punto de perderlo, pero dieron con él cuando se apeaba la segunda pasajera.

–Ahora no lo pierdas por nada del mundo –le dijo Mauro al taxista.

–Tranquilo muchacho, tranquilo, que ya le estoy cogiendo el intríngulis a esto.

El taxi tiró hacia Os Campóns y paró en doble fila delante de un portal. La Carballesa se bajó y entró en él. Mauro mandó al taxista que se colocase en el mismo lugar donde había parado el coche al que habían seguido hasta allí. Bajó del coche y estuvo un rato mirando para las ventanas. Ninguna se iluminó. No pudo saber a qué piso había subido la mujer. Sólo que no era una de las viviendas que daban a la calle. Se montó otra vez en el taxi y le dio su dirección.

Cuando entró de nuevo en su apartamento, era dos mil ochocientas pesetas más pobre que cuando había salido.

Se quitó el pantalón y observó la herida del navajazo que le había dado el calvo durante la lucha en el barco. No tenía mala cara, la inflamación bajaba y ya no se notaba tan caliente como por la mañana. Casi no le había molestado en todo el día. Se acostó, pero el sueño no le venía, así que repasó mentalmente la situación.

Era casi seguro que había sido Severo quien mató a Henrique. No sería difícil localizarlo, en una ciudad como ésta se puede encontrar a quien se quiera en un espacio de tres o cuatro horas. También estaba localizado el piso donde Merexildo tenía a Maria do Céu, siempre que, avisado por la Carballesa, no decidiera trasladarla a un lugar más seguro, pero no era probable que lo hiciera si creía que la Carballesa no había contado nada.

Después estaban los hombres que se habían reunido en secreto en el barco la noche que los vio Henrique. ¿Para qué sería la reunión? ¿Qué clase de negocio requiere una reunión en un lugar escondido y por la noche? Desde luego que no era por lo que tratasen en ella por lo que la hacían a escondidas, sino para no ser vistos juntos. Seguramente uno de ellos era Celso Mendaña, y él sabía de qué se trataba, pero no era cosa de presentarse al día siguiente por la mañana en casa de Mendaña y decirle: «Buenos días, venía para saber por qué se reunió usted con otros tres individuos en A Pomba hace tres noches».

El sueño no acudía y los pensamientos desembocaron en Inés. ¿Qué sería de ella? No podía negar que se había acordado muchas veces en el día de Inés, pero no quería llamarla ni ir a verla. Pensaba que era ella la que tenía que volver, porque había sido la que se había marchado. Además eso había sido lo acordado, porque él no podía presentarse delante de ella y decirle que era de otra manera distinta de la que era, ni que tuviese la mínima intención de cambiar su manera de ser, porque ni sabía cómo hacerlo ni deseaba hacerlo. Era verdad que siempre parecía mostrar un cierto desapego hacia aquello que más quería, pero no podía evitarlo. A fuerza de perder cosas amadas, había aprendido a andar por la vida sin manifestar ningún tipo de sentimiento que pudiese hacer pensar que algo o alguien le resultaba imprescindible. De esta manera no sólo mantenía un cierto aire de invulnerabilidad, sino que tenía la sensación de que también quedaban protegidas las cosas y las personas amadas. «No te quitan nada si piensan que no te fastidian». Era su máxima.

Un pequeño ruido en la puerta apenas perceptible puso a Mauro en situación de alerta. No tardó en repetirse, pero ahora ya fue claramente advertido por el muchacho, que se incorporó en el lecho y fue hacia la puerta con cuidado de no hacer ningún ruido.

Un carné de identidad entraba y salía sucesivamente a la altura de la cerradura de la puerta del piso. La costumbre de Mauro de colocar las llaves en la cerradura por la parte interior de la vivienda, para poder encontrarlas siempre al otro día por la mañana, había derivado en darles la vuelta todas las noches. Esto era lo que impedía que el carné, hábilmente utilizado, no fuera lo suficientemente efectivo, ya que podía con la cerradura automática, pero no era eficaz para la puerta cerrada con llave. Todavía hubo nuevos intentos fallidos, ahora los de fuera debieron de pensar que no había nadie dentro, y no se esforzaban en no hacer ruido. No tardaron en abandonar y Mauro pudo escuchar sus voces haciendo comentarios que no pudo entender, sólo uno que dijo «vamos». Unos segundos después el muchacho sintió que se alejaban de la puerta. Esperó a escuchar el ascensor antes de volver a la cama.

No había duda de quiénes eran los que trataron de entrar en su casa para sorprenderlo. De nuevo pensó en Inés; había sido ella quien había comenzado a darle la vuelta a la llave cuando pasaba la noche allí.

Extrañamente ahora fue cuando le venció el sueño y no tardó en dormirse profundamente.

Cuando despertó, lo primero que hizo fue buscar algo en el bolsillo del pantalón, allí estaba el sobre que había encontrado en el barco. Comenzó a sacar de él los papeles uno por uno y a examinarlos. La mayor parte de ellos eran cuentas. Había dos o tres que estaban llenos de nombres de cafeterías de la ciudad con sus direcciones. La mayoría de ellos estaban atravesados por una raya que los tachaba. Mauro interpretó que Henrique había buscado a su hermana por locales de ese tipo. Otro tenía una dirección de una ciudad que distaba alrededor de ochenta o cien kilómetros. Por último, había un papel doblado que contenía en su interior dos fotos: una del propio Henrique y otra de una niña, de no más de doce o trece años, que Mauro supuso que sería Maria do Céu.

A Queimadela estaba situada a la entrada de la ciudad. Era una serie de edificios de entre ocho y diez plantas, distribuidos de la forma en que un niño coloca las fichas del dominó en un juego solitario, a los que habían sido trasladados, por propia voluntad o por la fuerza, los habitantes de los barrios que ocupaban la costa norte, desplazados por la construcción de un paseo marítimo por el que no paseaba nadie a causa del fuerte viento del nordeste que soplaba la mayor parte del año, pero bien aprovechado por el alto precio que habían alcanzado las viviendas construidas a lo largo de él.

Los habitantes de A Queimadela habían perdido sus casas todos juntos cuando se proyectó el paseo marítimo y uno por uno iban perdiendo sus trabajos según se sucedían suspensiones, quiebras, reestructuraciones, reconversiones, etc. Habían ido ganado en número de bares, establecimientos de máquinas tragaperras, en las que un biombo separaba a los jugadores, que esperaban ver salir una cascada de monedas, de sus retoños que se preparaban a su lado con pantallas en las que derrumbaban aviones «enemigos» o corrían en bólidos de fórmula uno por carreteras llenas de curvas y obstáculos. A cualquier hora del día o de la noche las tabernas y cafeterías estaban llenas de desocupados que mataban su tiempo de mil maneras distintas. Cualquier cosa era mejor que estar en casa riñendo con la parienta, con el padre, con la madre, con los hermanos... No estaban en el bar o jugando en las máquinas por ser víctimas de los vicios de la bebida o del juego, era por preservar la paz del hogar por lo que pasaban la mayor parte de su tiempo en estos lugares.

Mauro se dirigió al Amando Café-Bar. Era uno de los locales más grandes de A Queimadela. Tenía un cierto aire anticuado aunque no llevaba abierto más que cinco años pero el suelo de terrazo, las paredes empapeladas con dibujos de grandes medallones ocres, el alto mostrador con barra de madera, las enormes ventanas sin cortinas y Amando, en mangas de camisa, como único camarero, situaban al local muy lejos de la sofisticación de espejos y porcelanas de las modernas cafeterías que se habían abierto recientemente.

Amando se acercó al lugar que ocupaba el muchacho en la barra y pasó un paño húmedo por el mostrador.

–¿Qué hay, Mauro? ¿Qué te trae por aquí?

–Por el momento tomar un café, después ya veremos.

–Menos mal –dijo el tabernero inclinándose sobre mostrador con el paño todavía en la mano–, porque aún tengo ahí detrás treinta escobas de las treinta y cinco que me vendiste. Pensé que me traías otro producto de los que se venden como pan fresco, como decías. Las escobas ya están añejas y menos mal que le he colocado cinco a la familia, porque si no es así, hoy todavía las tendría todas.

–Pues no, hoy no vengo a venderte nada. Anda, hazme un café bien hecho.

El hombre se acercó a la cafetera y comenzó a manipular en ella. Mauro apoyó los codos en la barra del mostrador y miró uno por uno a los parroquianos que jugaban a la baraja o al dominó en las mesas. Cuando sintió que Amando se acercaba con el café se dio la vuelta para preguntarle:

–¿Conoces a un tal Severo que trabaja en los varaderos de Mendaña?

Amando volvió a pasar el trapo por el mostrador.

–¿Y tú qué tienes que ver con él? –le preguntó sin levantar la vista de la tarea de limpieza.

–¿Le conoces o no le conoces? –insistió el muchacho.

–Claro que le conozco. En A Queimadela nos conocemos todos.

–¿Y por dónde para? –siguió preguntando Mauro mientras revolvía el azúcar.

–Por aquí no viene y no es ninguna pérdida no tenerlo de cliente.

–Parece que no le quieres muy bien. Dónde puedo encontrarlo, tengo que hablar con él.

Amando quedó callado de nuevo, pasó otra vez el trapo por el mismo lugar como si aún no le pareciera bien limpio.

–No sé exactamente en qué bloque vive, pero debe de ser en el 18-B o en el 18-C. Aunque para encontrarlo con seguridad, en el Cadelo tiene que estar a una hora u otra.

Mauro siguió tomando el café y el tabernero salió fuera del mostrador para recoger una mesa que acababa de quedar desocupada. El muchacho dejó las monedas que le pareció que cubrían el coste del café y se dirigió hacia la puerta. Al pasar al lado de Amando, éste levantó la vista del paño que ahora pasaba por encima de la mesa y mirando al muchacho le dijo:

–Ve con cuidado, Mauro, que ese badulaque no es una buena persona.

–Gracias por el aviso, Amando –le respondió cuando ya salía por la puerta.

El Cadelo era un pequeño tugurio de forma alargada. Según se entraba por la puerta, a la derecha había una mesa de formica y a continuación, por el mismo lado, estaba el mostrador. Enfrente de éste, había otras tres mesas colocadas de tal manera que, cuando alguien las ocupaba, el paso para los retretes, situados al fondo del bar, quedaba totalmente vetado para quien no quisiese molestar a todos los parroquianos que encontrara por el camino.

Cuando Mauro entró en el Cadelo había tres hombres sentados alrededor de la mesa situada más lejos de la entrada y un cliente hablaba con el dueño del bar, ambos inclinados sobre el mostrador con un vaso vacío en medio de los dos. El muchacho se colocó delante de la barra en el lugar que quedaba más cerca de la puerta. Miró uno por uno a los clientes hasta que sus ojos se encontraron con uno de los que hablaban sentados en la mesa del fondo. No le cupo la menor duda de que aquél tenía que ser Severo. Estaba sentado contra la pared del fondo, un lugar que le permitía dominar el local entero con la vista. En aquel momento hablaba en voz baja con el hombre que tenía delante. Mauro, en principio, observó a éste con cierta atención. Era un individuo no muy alto, pero indiscutiblemente fuerte, tendría cerca de unos cuarenta años; el cabello, no muy abundante, era rizo y entrecano. Vestía un impecable traje gris. Aunque trataba de aparentar encontrarse en aquel lugar con naturalidad, no podía disimular que le desagradaba que alguien lo viera allí.

Cuando el hombre del mostrador se acercaba a Mauro para atenderlo, Severo levantó los ojos y se encontró con la mirada del muchacho, quien pudo comprobar que los ojos de aquél eran de un azul intenso que le daba un aspecto inofensivo e incluso atractivo. El hombre se levantó muy despacio y se arrimó a la barra. Quedó frente a Mauro, que en aquel momento echaba en el vaso la cerveza que le acababan de servir.

–De modo que tú eres quien está metiendo las narices en cosas de hombres en las que nadie te ha llamado –dijo Severo desde el lugar que ocupaba y mirando fijamente al joven a los ojos.

–Si lo que quieres decir es que te estoy buscando, estás en lo cierto –replicó Mauro sin apartar la vista de los ojos del hombre.

–Pues mira por dónde, yo también te buscaba. Así que ya nos hemos encontrado. Si te parece vamos fuera, que podremos hablar mejor.

Los dos hablaban en alto, lo suficientemente alto como para que los escuchasen todos cuantos estaban en el bar.

–Será mejor –respondió Mauro– que prosigamos aquí. Todos éstos ya te conocen y se ven muy interesados en nuestra conversación, seguramente también les interesará escuchar algunas otras cosas que tengo que decirte.

–Como quieras –aceptó Severo aunque contrariado por la atención que estaban suscitando en los clientes del bar–. Si tengo que partirte la boca, me da igual en público que en privado.

El hombre que estaba hablando con Severo cuando entró el joven en el bar, se levantó del asiento al mismo tiempo que en voz muy baja decía algo así como «yo me voy», o cosa por el estilo. Severo le puso una mano en el hombro y le obligó a sentarse diciéndole:

–No te muevas de ahí hasta que termine con este asunto, que aún no hemos acabado tú y yo.

Hasta ese momento Severo había adoptado un cierto aire de sarcasmo y dominio de sí mismo, pero ahora su gesto se endureció.

–Está bien, acabemos de una vez. Si me vuelvo a enterar de que andas por los barcos fisgoneando donde no te importa, puedes dar por seguro que no te vas a olvidar de mí en una temporada.

–Comprendo que estés algo molesto porque ayer te dejé a un amigo algo averiado pero no me quedó otro remedio que arrearle como es debido, tus amigos tienen la cabeza muy dura y no comprenden que es mejor hablar antes de llevarlas y no después, es lo que se puede salir ganando.

–Los que se dejan zurrar por críos las tienen bien merecidas y tú ten cuidado que no te vea por los varaderos, porque te parto la cabeza.

–No sería la primera cabeza que partes, pero descuida que yo no me dejo sorprender tan fácilmente como aquel pobre chaval.

–¿De qué chaval me estás hablando, mamón? –gritó Severo avanzando un par de pasos hacia Mauro.

–Te estoy hablando de un chaval que dormía en A Pomba y que ayer apareció en el puerto con la cabeza partida.

Severo hizo un gesto de avanzar hacia el muchacho, pero el dueño del bar lo cogió por una manga de la chaqueta y lo retuvo.

–Severo, aquí no quiero líos, si queréis pelear iros fuera.

–No te apures Marcial, que no va a pasar nada –dijo sin quitarle la vista de encima a Mauro–. Pues si lo que quieres decir es que yo lo maté, no tienes más que ir a la pasma y que me vengan a detener.

–No Severo, no, eso no es lo que a mí me interesa. Lo que quiero es otra cosa que tiene que ver contigo y con Celso Mendaña, pero ésa ya te la contaré otro día.

El hombre del traje gris se puso de pie de repente al escuchar el nombre de Celso Mendaña. Se colocó muy cerca de Severo que lo volvió a empujar para atrás, haciéndole caer de nuevo en la silla.

–Muchacho tengo muy poca paciencia, así que te voy a dar un aviso, que es más de lo que mereces que haga contigo –ahora hablaba visiblemente irritado, sus ojos azules ya no eran más que una raya en lo alto del rostro–. Ya has hablado más de lo que a nadie le permitiría, así que lo mejor que puedes hacer es largarte de aquí ahora y desaparecer de la ciudad para siempre, porque la próxima vez que te encuentre delante te voy a hacer tragar esa lengua tan larga que tienes.

Mauro echó la mano al bolsillo para pagar la cerveza.

–No te entretengas, estás invitado –dijo Severo sin moverse del lugar que ocupaba.

El muchacho sacó una moneda y la dejó encima del mostrador diciendo:

–Ya me invitarás otro día, que nos volveremos a ver.

Se dio la vuelta y salió del local.

Caminó a buen paso hasta llegar a un kiosco de periódicos. Se colocó a su altura. Desde allí podía ver perfectamente la entrada del bar Cadelo. No tardó en salir el hombre del traje gris. Detrás de él apareció Severo; estaban discutiendo. Por fin el hombre comenzó a andar y Severo permaneció un momento en la puerta mirando para él y, dándose la vuelta, se metió nuevamente en la taberna.

Mauro regresó al lugar donde había dejado la motocicleta, se montó en ella y regresó al kiosco de los periódicos en el momento en que el hombre del traje gris daba la vuelta a la esquina a bordo de un BMW metalizado. Se colocó detrás de él dispuesto a seguirlo, con el casco no era fácil que lo reconociese.

Por primera vez acababa de hacer una jugada de ataque, sólo quedaba esperar que diese el resultado que buscaba. No sería fácil, porque Severo no parecía la clase de hombre que se pone nervioso con facilidad, y desde luego no iría corriendo a contarle a Celso Mendaña lo ocurrido. Era cuestión de esperar a ver cómo se sucedían los acontecimientos; había resultado realmente prodigioso que la conversación entre Severo y él fuese escuchada por el hombre de gris, y ése sí que se había puesto nervioso. Era de esperar que diese juego.

Después de dar varias vueltas por el centro de la ciudad, el BMW aparcó al lado de la acera de una calle. Bajó, todavía intranquilo e inseguro, anduvo unos metros por el paseo y se metió en el portal de un alto edificio. Mauro, que había observado todo sin bajarse de la moto aparcada entre dos coches un poco más adelante, esperó a que el hombre desapareciera en el portal antes de entrar. Cuando el individuo cerraba la puerta del ascensor entró, se paró delante y se quedó observando las luces que indicaban el paso de la cabina por los pisos. Se detuvo en el segundo. Mauro se acercó a los buzones y comenzó a mirarlos. El portero, que había estado observando desde su garita el ir y venir del muchacho, se le aproximó

–¿Busca usted algo? –le preguntó.

Era un hombre de algo más de cincuenta años y con una evidente dificultad para la pronunciación correcta de ciertos sonidos.

–Ese hombre del traje gris que acaba de entrar, ¿trabaja aquí?

–¿Por qué lo pregunta? –inquirió de nuevo el portero con desconfianza.

–Es que ha dejado el auto aparcado detrás del mío y le ha quedado una puerta abierta. Iba a avisarle, ahora que a mí me da igual –dijo Mauro dándole la espalda al hombre como si fuera a marcharse.

–Espere, espere –le atajó el portero–. Es don Antonio Cendán, director de PROCASA que está en el segundo C.

–Pues vaya allí y dígaselo usted que yo tengo prisa –dijo Mauro dirigiéndose a la puerta.

Unos minutos después estaba dentro de una cabina telefónica esperando a que le respondiesen desde el teléfono al que correspondía el número que acababa de marcar.

–Micha, necesito que me hagas unas gestiones urgentes. Entérate de todo cuanto puedas sobre una empresa llamada PROCASA que está dirigida por Antonio Cendán –continuó dándole a la secretaria de Detectives Nacho la dirección del edificio que acababa de abandonar sin hacer caso de las protestas de la mujer, que quería saber si era un asunto de la agencia o si él estaba metido en líos particulares.

–Te prometo contarte todo con detalle mañana o pasado mañana, pero ahora hazme ese favor. Te llamaré por la noche a tu casa –y colgó.

El buzón lleno de propaganda hasta amenazar con reventarlo era el que tenía más posibilidades de corresponder a la vivienda de la Carballesa y de las otras mujeres. Seguro que la prohibición de Merexildo de decir a nadie dónde vivían, incluía la de recibir ninguna clase de correspondencia. Subió por la escalera hasta situarse delante de la puerta que sospechaba que era la correcta. Escuchó un momento con la oreja pegada a la madera y llamó al timbre. Nadie respondió a la primera llamada ni a la segunda. Cuando tocó por tercera vez sintió que alguien tiraba del pestillo y que la puerta aflojaba su posición. Dio un fuerte empujón con todo el cuerpo y se encontró en un pasillo que se extendía a derecha e izquierda. A sus pies, una mujer en camisón miraba para él sentada en el suelo, con la boca abierta y expresión de absoluta imbecilidad.

Comenzó a andar por el pasillo sin hacerle caso y no tardó en encontrar a la Carballesa que, también en camisón, salía apurada por una de las varias puertas que había a lo largo de la pared que quedaba a mano izquierda del muchacho.

–¿Qué pasa aquí? –decía la pendanga todavía sin ver al joven que avanzaba hacia ella. Antes de reaccionar, Mauro ya le había echado una mano al cuello y, empujándola contra la pared, la levantó del suelo y la hizo ponerse sobre las puntas de los pies al mismo tiempo que le hablaba con su rostro casi pegado al de ella.

–Maldita furcia mentirosa, te voy a hacer una cara nueva para que me digas la verdad cada vez que te haga una pregunta.

La Carballesa no podía hablar por la presión que la mano de Mauro le hacía en la garganta. Le dio dos bofetadas con la mano abierta que vencieron la cara de la mujer sucesivamente a ambos lados y dejó que volviera a apoyar la planta de los pies en el suelo. Después la empujó por el pasillo adelante hacia la puerta ante la que continuaba sentada la mujer que había abierto, sin cambiar de expresión en todo este tiempo.

–¡Vamos! –le increpó Mauro–. Despierta a todas y que salgan.

Este aviso ya no era necesario, porque todas las puertas se habían ido abriendo y por cada una salían uno o dos rostros asustados.

–¡Todas fuera! –gritó Mauro–. Y tú anda para delante, que te voy a arrear una patada en el culo que vas a salir por los aires.

La Carballesa avanzó por el pasillo dirigiéndose a una sala que había al fondo. El muchacho reunió a todas las mujeres sin más trabajo que hacerles una indicación con la cabeza. Las fue mirando mientras pasaban y ninguna podía ser Maria do Céu, todas eran más viejas.

Se fueron sentando, con el miedo reflejado en sus rostros y sin atreverse a decir ni una sola palabra. La Carballesa estaba sentada en un sofá que había debajo de una ventana, que debía de dar a un patio de luces a juzgar por la poca claridad que entraba por ella. Sus mejillas rojas por el efecto de la bofetada, contrastaban con la blancura cadavérica de los labios fuertemente apretados.

–De modo que no sabías nada de ninguna chica nueva –dijo Mauro plantado delante de la Carballesa–. ¿Dónde está Maria do Céu?

La mujer guardó silencio. El muchacho miró de nuevo a las otras mujeres. Eran cuatro y permanecían muy juntas sin decir palabra. Mauro agarró a la Carballesa por el pelo y la obligó a ponerse de pie. La mujer soltó un débil gemido.

–Venga, muévete, lo primero que hace una mujer bien educada es mostrarle la casa a las visitas –dijo Mauro empujando a la pendanga hacia la puerta de la sala, a la vez que se daba la vuelta hacia las cuatro mujeres asustadas, que no se atrevían a moverse–. Y vosotras, ahí quietas y calladitas.

Recorrieron la casa entera mirando en todos los cuartos sin que vieran a nadie más. Volvieron a la sala y Mauro empujó de nuevo a la mujer contra el sofá.

–Carballesa, ya ves que estoy muy cabreado contigo, será mejor que empieces a hablar si no quieres llevar más, porque hoy no me voy sin que me digas dónde está la chica que estoy buscando.

–Aquí no hay nadie más que nosotras –dijo la mujer–. No sé nada de la chica de la que hablas. Eso te dije y eso es todo cuanto sé.

Mauro se giró hacia las otras mujeres y las miró una por una. En sus ojos sólo había miedo, casi terror. Pensó que estaban en buena situación para comenzar a cantar como canarios de concurso.

–Escuchad, a la primera que le dé una en los morros quedará fuera de circulación por una buena temporada, así que será mejor que me respondáis enseguida y con la verdad a lo que voy a preguntaros. Quiero saber dónde está una chica llamada Maria do Céu que vivía aquí con todas vosotras.

Las mujeres se miraron entre sí y ninguna respondió.

–A ver, habla tú –dijo Mauro señalando a una pequeñita, vestida con un corto camisón transparente que dejaba ver sus escasos encantos y que roía las uñas insistentemente, temblando como una vara verde.

La mujer miró a la Carballesa y ésta le devolvió una mirada furiosa que era una auténtica conminación al silencio. Bajó los ojos y clavó la mirada en sus propias rodillas.

–Aquí no hay nadie más –le respondió en voz baja.

–Escucha imbécil –gritó Mauro muy cerca de la cara de la pequeñita–, no me cabrees porque te parto la espalda. Responde de una vez a lo que te pregunto, ¿dónde está Maria do Céu?

Un ruido en la puerta hizo que Mauro se diese la vuelta. La Carballesa dio un salto y se plantó en la puerta que daba al pasillo, desde donde gritó:

–¡Huye, huye! ¡Es la policía!

Mauro apartó a la Carballesa tirándola al suelo y corrió hacia la puerta. Cuando alcanzó el tirador, alguien cerró con llave por fuera. Iba a regresar a la sala, pero su vista chocó con una llave que estaba colgada de un gancho en el marco de la puerta. La cogió y abrió. Se echó escaleras abajo mientras escuchaba otros pasos que ya resonaban en el portal. Llegó a la salida, miró para ambos lados de la calle y localizó a una figura femenina que huía por la izquierda. Corrió detrás de ella, tropezando con la gente que venía en dirección contraria. La mujer giró en la primera esquina. Mauro apresuró la carrera, pero cuando llegó allí ya no fue capaz de localizar a la muchacha en medio de la gente que iba y venía por la acera. Siguió corriendo, pero ya no fue capaz de encontrarla. Miró en los portales y en los comercios, pero ninguna de las personas que veía podía ser Maria do Céu. Unas eran mujeres más viejas o más jóvenes que ella, otras se veía claramente que no habían dado una carrera como la que acababa de dar la muchacha. Desanduvo lo andado con la intención de regresar a la vivienda de la Carballesa, pero después desistió. Seguro que ahora mismo tendrían la puerta bien cerrada y la Carballesa ya estaría llamando por teléfono a Merexildo para ponerlo al corriente de lo sucedido. Dio la vuelta en dirección hacia donde había dejado la moto, cerca del edificio de PROCASA.

V

Habló con Micha por teléfono y, viendo que el material que la mujer había conseguido sobre Antonio Cendán y su empresa era muy abundante y que sería mejor que se vieran en algún sitio, quedaron a las diez y media de la noche en una cafetería muy cerca de la casa de Micha. Se llamaba Meseta y era un local nuevo, lleno de adornos en el techo que los gases desprendidos por el aceite requemado habían dejado totalmente ahumados.

Mauro tuvo mucho cuidado de llegar antes de la hora para no hacer esperar a Micha, sabía que estaba algo molesta y no era cosa de cabrearla más. La mujer no tardó en aparecer y fue directamente a sentarse a la mesa en la que estaba Mauro.

–Hola –saludó–. No sé en qué líos estás metido, pero de esto Nacho no sabe nada, porque le pregunté si sabía algo de la tal empresa y me dio una serie de pistas antes de preguntarme para qué lo averiguaba.

–¿Y qué le has dicho? –le preguntó Mauro.

–Que era para una amiga mía a la que le habían ofrecido un trabajo. El caso es que esto no es asunto de la agencia. Si no me lo quieres decir no me lo digas, pero ten cuidado.

–Ya te lo diré, Micha, ya te lo diré, pero por ahora no puedo. Entre otras cosas, porque todavía no sé de qué se trata. Tengo la sensación de estar detrás de algo gordo, pero no estoy seguro. Cuéntame lo que sepas de PROCASA.

Llegó un camarero y pidieron dos cafés. Esperaron en silencio a que se los sirvieran, tiempo que aprovechó Micha para sacar de su bolso unos papeles, antes de comenzar a hablar.

–PROCASA significa Promotora de Cafeterías Sociedad Anónima y, efectivamente, pertenece a Antonio Cendán y a otros dos más, de los que tengo el nombre por aquí. Es una empresa que se dedica a abrir cafeterías por la ciudad para venderlas después de un cierto tiempo. Mientras tanto las explota la propia empresa. Cendán se dedica a dirigir el negocio y a buscar clientes para venderles los establecimientos, los socios llevan las cafeterías que tienen en explotación. Parece ser que los negocios no van muy bien y que están apurados con los créditos, muy especialmente el propio Cendán. Aparte de esta empresa, Cendán tiene tres pequeñas hamburgueserías y aquí viene lo más gracioso de este asunto, porque la mujer de Cendán fue denunciada por una constructora por ocupar un solar suyo y comenzó a meter en él a cuantos perros abandonados encontraba por la ciudad. Cuando la quisieron echar fuera, se negó en redondo, diciendo que no se iba hasta que el Ayuntamiento le proporcionara un terreno donde acoger a sus perros. El caso salió en los periódicos, pero todavía nadie ha relacionado a la caritativa dama protectora de los perros sin dueño, con el propietario de los locales donde se toman las hamburguesas más baratas de la ciudad.

Mauro, que escuchaba sonriendo el relato que Micha le contaba, le preguntó:

–¿Y quiénes son los dos socios de Cendán?

La mujer echó un vistazo a los papeles y le dio dos nombres que no le decían nada al muchacho.

–Mauro –le preguntó la mujer fijando los ojos en la mirada perdida del chico–, ¿qué tienes que ver tú con este Cendán?

–No lo sé, Micha, no lo sé. Te juro que todavía no lo sé. Me estás ayudando mucho, pero por ahora no te puedo contar nada porque no sé nada. ¿Quieres otro café?

–No, gracias. Me voy para casa que estoy muy cansada.

Salieron juntos de la cafetería y se despidieron en la puerta, cogiendo cada uno el camino de su domicilio.

Cuando Mauro introdujo la llave en la cerradura de la puerta, ésta cedió abriéndose sola. Quiso echarse para atrás pero notó que alguien, situado detrás de él, le colocaba algo duro contra la espalda.

–Entra, que estás en tu casa. Y sin decir ni pío que te puedo estropear la chupa.

Mauro entró empujado por el hombre. Cuando traspasó la puerta del apartamento el desconocido encendió la luz. En el sofá estaban sentados otros dos hombres. Uno era Severo, el otro no le resultaba familiar. Un fuerte golpe en la espalda tiró al muchacho al suelo entre las carcajadas de Severo y de los dos compañeros. Desde el suelo Mauro vio por primera vez la cara de quien lo había sorprendido en la puerta. Era el calvo con el que había peleado en el barco. Llevaba un brazo escayolado y un aparatoso vendaje que le tapaba por completo la nariz. El calvo avanzó un paso y le dio una fuerte patada en un costado que hizo gritar al muchacho.

–Te voy a partir en trozos, desgraciado –le dijo apuntándole a la cara con una pistola automática.

Los dos hombres, que continuaban sentados en el sofá, seguían riéndose a grandes carcajadas.

–Espera –interrumpió Severo cortando el impulso de una segunda patada sin parar de reír–. Espera, tengo que decirle algunas cosas antes de que no esté en situación de escuchar como es debido.

Se puso de pie y se acercó al lugar donde permanecía Mauro tirado en el suelo.

–Levántate –dijo dándole con el pie en un lado de la cara–. Levántate, que vamos a hablar tú y yo de hombre a hombre.

Mauro se levantó y quedó ante Severo, eran casi de la misma estatura, quizá el matón era un poquito más alto. Estaban frente a frente como en el bar, pero ahora a muy poca distancia uno del otro. Mauro se dio cuenta de que aquello iba a acabar mal para él, pero prefirió esperar un poco antes de hacer ni decir nada. Quien habló fue Severo:

–Ahora no estamos en el bar y podemos hablar clarito. Muchacho, que no me entere de que vuelves a meter las narices en los asuntos ajenos, si no quieres acabar flotando en el puerto como le pasó a tu amigo. Tienes una estupenda oportunidad para olvidarte de mí y del patrón para siempre. No la dejes pasar, porque no va a haber una segunda.

–Supongamos que tienes una buena razón para deshacerte de mí, ¿pero por qué mataste a Henrique que sólo iba a dormir al barco porque no tenía otro lugar a cubierto?

–Tu amigo Henrique, o como se llamara, tuvo las orejas muy largas y le entró por ellas lo que no debería saber. Así ya no le repetirá a nadie lo que escuchó. Ahora falta saber qué es lo que te dijo a ti, porque a lo mejor también hay que borrar algo de tu memoria.

Mauro no esperó a que le preguntase qué era lo que Henrique le había contado ni cuánto sabía. Levantó con fuerza su rodilla derecha que fue a golpear en la entrepierna del matón. Éste dio un enorme grito al mismo tiempo que se llevaba las dos manos a la parte dolorida. Un golpe con la pistola en la parte inferior de la nuca tiró al muchacho al suelo mientras notaba que se alejaban los últimos ecos del bramido de Severo.

Cuando despertó los dos matones que acompañaban a Severo estaban sentados en el sofá esperando a que volviera en sí.

–Severo –llamó el calvo del brazo tullido–, ¡ya despierta!

Mauro vio, desde el suelo, aparecer a Severo por la puerta del cuarto de baño. Venía sin pantalones y traía la parte delantera de los calzoncillos totalmente mojada. El remedio del agua fría parecía que le había calmado el dolor, porque andaba erguido y con decisión. Cuando llegó donde estaba el muchacho tumbado, le arreó una fuerte patada en el costado que le arrancó un grito de dolor. No esperó a que se repusiera del golpe para darle una nueva patada en el pecho con la planta del pie. Después se acuclilló y lo cogió por las solapas. El matón útil no tardó en colocarse por detrás y cogerle los dos brazos con fuerza. En esta posición, Severo y el calvo le dieron puñetazos y patadas en casi todas las partes del cuerpo. Hacía ya un rato que no sentía ningún dolor cuando lo dejaron caer otra vez en el suelo. El pecho de Mauro resoplaba como el fuelle de un herrero cada vez que respiraba. Con la cara apoyada en el suelo, sólo veía los zapatos de los hombres. Escuchó la voz de Severo que decía:

–Dejadlo ya. No lo vayamos a matar. Ya habrá tiempo y hoy no conviene.

Pero aún vio venir hacia su rostro un zapato que se iba agrandando a medida que, cada centésima de segundo, estaba más cerca; en el mismo momento de perder de vista la punta del zapato, sintió un golpe en la sien derecha que lo arrojó por la boca de un pozo, tragado por su negrura y por el que no paraba de caer.

No sería capaz de decir cuánto tiempo pasó desde que los hombres se fueron hasta que despertó. No lograba saber por qué tenía aquel dolor de cabeza tan intenso y qué había ocurrido. Cuando quiso ponerse de pie y notó que su cuerpo no respondía como era debido, comenzó a recordar la visita de Severo y de sus dos compañeros.

Arrastrándose consiguió llegar hasta el sofá. Se tiró en él e inmediatamente comenzó a caer de nuevo por el interior del pozo. Abrió los ojos y vio el rostro de Micha muy cerca del suyo. El dolor de cabeza ya no era tan agudo, pero sentía como si tuviese el cuerpo lleno de agujas calientes clavadas en diversos lugares.

–Mauro, ¿qué te ha pasado? –le preguntó Micha en cuanto vio que abría los ojos.

De los labios hinchados del muchacho salió una farfullada ininteligible. La mujer comenzó a limpiarle la cara con un paño mojado. Farfulló de nuevo y esta vez Micha consiguió entenderle que le ayudara a levantarse. Micha protestó contra esta decisión, pero al ver los intentos del joven por incorporarse solo lo ayudó a sentarse en el sofá. Cogió el paño que la mujer tenía en la mano y se lo colocó en la sien donde había recibido la última patada. Permaneció unos minutos en esta posición con los ojos cerrados. Mientras, Micha daba vueltas por la habitación sin parar de hablar.

–Ya me parecía a mí que andabas metido en líos. ¿Pero quién te ha hecho esto? ¿Quién te ha dejado en semejante estado? Tienes que ir inmediatamente a un hospital. Si no se me ocurre venir a mí por aquí, seguro que te mueres ahí como un perro...

–Micha, para de hablar un poco, de ésta aún no me muero. Ayúdame a llegar al cuarto de baño. Después de una ducha de agua bien fría ya verás como tengo otra pinta.

–Estás loco. Lo que tienes que hacer es ir a que te vea un médico.

–Déjate de médicos y ayúdame si quieres y si no vete que me las arreglo yo solo.

Micha se acercó a él y se agachó para que le pudiera pasar un brazo por encima de los hombros. De esta manera llegaron al cuarto de baño donde le ayudó a desnudarse y a meterse dentro de la bañera. Allí sentado, Mauro abrió el grifo y dejó que el agua fría lo fuera mojando. Poco a poco se puso de pie. Micha salió del cuarto de baño y se fue a sentar en el sofá.

Mauro tardó más de media hora en salir y cuando lo hizo no parecía el mismo de hacía un rato. Las marcas que la paliza recibida había dejado en su físico eran numerosas –el labio superior partido, un ojo casi totalmente cerrado y por todo el rostro y tórax diversas señales rojas de los golpes recibidos–, pero ya ninguna daba la sensación de desastre irrecuperable que había contemplado Micha cuando entró en la vivienda.

–No tendrás, por casualidad, en el bolso un par de aspirinas –dijo yendo a sentarse al lado de la mujer.

–Veo que te recuperas pronto. Tengo las aspirinas, pero no por casualidad, sino porque siempre las llevo –revolvió en el bolso y las encontró. Fue hasta el fregadero, cogió un vaso que llenó de agua del grifo y le pasó todo al muchacho, que tragó los dos comprimidos juntos.

–Espera que me voy a vestir –y se dirigió al dormitorio, del que no tardó en salir.

–Ahora me contarás qué es lo que te ha pasado y quién ha sido el que te ha puesto así.

–No ha sido uno que fueron tres. Después de despedirme de ti en la puerta de la cafetería vine para casa y me estaban esperando. Me dieron una buena paliza y se marcharon.

–Pero, ¿quiénes son? –insistió Micha.

–Los mismos que mataron al chaval que apareció en el puerto.

–Pero, ¿por qué? ¿En qué andas metido? ¿Por qué no vas a la policía?

–No voy a la policía porque no ganaría nada con ir, como mucho que detuviesen a Severo y que los otros pájaros se escondiesen. Escucha Micha, lo que te voy a decir no quiero que se lo digas a nadie por nada del mundo. ¿Estamos?

–Estamos.

–Había conocido al chaval que apareció ahogado en el puerto aquella misma tarde. Lo mataron porque vio a cuatro hombres que tenían una reunión en un barco varado en los astilleros de Mendaña. Ellos pensaron que Henrique había escuchado algo que no debía y que podría identificar a los que estaban allí reunidos. Por eso lo mataron. La verdad es que él no escuchó nada, porque tan pronto como lo descubrieron huyó. El caso es que les dio miedo y mucho más al darse cuenta de que yo estaba en la pista.

–Pues vete a la policía –le cortó Micha el relato–, porque si no lo que vas a conseguir es que te maten a ti también, que poco les ha faltado hoy.

–Por ahora no les interesa matarme, no sé por qué. Pienso que es porque Severo tiene una buena coartada, nadie lo vio matar a Henrique, ni sus propios compinches. No tiene nada que temer.

–¿Y qué piensas hacer?

–Pienso que uno de los que estaba en la reunión del barco era Cendán y no sé por qué, está muy nervioso. Estoy seguro de que si sé cómo apretarle las clavijas, va a dar juego.

–¡Cendán! ¡Ay, que ya me olvidaba! ¿A qué no sabes a qué he venido aquí hoy por la mañana?

–¡Tienes razón! ¿Qué haces tú aquí?

–Pues que cuando, como todos los días por la mañana, cogí el periódico al salir de casa me encontré con una noticia sobre Cendán. Pensé que te interesaría y vine aquí antes de ir a la agencia. Encontré la puerta reventada y entré.

–¿Y qué noticia era ésa?

Micha cogió el periódico y se lo puso delante de la cara de Mauro. En la primera página venía la noticia de la muerte de Antonio Cendán, «prestigioso industrial hostelero». En las páginas interiores explicaba que lo habían encontrado muerto de un certero navajazo que le había cortado la yugular. La policía suponía, según informaba el periódico, que había sido asaltado por alguien con la intención de robarle el automóvil y, al resistirse Cendán, le habían asestado un navajazo, con tan mala fortuna que le había ocasionado la muerte instantánea. El suceso había ocurrido a última hora de la tarde en el propio garaje del domicilio del fallecido, por lo que no se contaba con testigos de los hechos. A primera hora de la noche había aparecido el automóvil abandonado sin combustible, al pie de una carretera local a cinco kilómetros del centro de la ciudad.

–¡Mierda! –exclamó Mauro dejando el periódico sobre el sofá.

–El hombre nervioso se ha tranquilizado de golpe –dijo Micha–. ¿Qué vas a hacer ahora?

–Todavía no lo sé. De momento tú vete a la agencia, que Nacho ya estará subiéndose por las paredes. Y no le digas a nadie nada de lo que te he contado de este asunto.

–Está bien –dijo la mujer poniéndose de pie–, pero ten cuidado con lo que haces. Llámame a la hora de comer para que sepa que estás bien.

Se dirigió hacia la puerta. Cuando llegó a ella se dio la vuelta y dijo:

–Tendrás que mandar arreglar esta puerta antes de irte.

–Pues hazme otro favor y llama desde la oficina para que venga alguien a arreglarla. Que te dejen a ti las llaves nuevas y ya pasaré a por ellas. ¿Quieres?

–¿Y qué más? –le interrogó Micha con sorna–. Está bien, pero si no vienes a por las llaves duermes fuera.

Cuando Mauro entró en el bar de Eusebio eran cerca de las doce. Varios clientes comían bocatas de calamares o pulpo. Mauro, con unas gafas totalmente oscuras que ocultaban el ojo inflamado, no dejaba de tener un aspecto de averiado que llamó la atención del tabernero.

–¿Qué te ha pasado?

–Tuve un accidente –respondió cortante el muchacho para evitar la insistencia del hombre–. Ponme una cerveza.

Cogió la botella y, dejando el vaso en el mostrador, salió fuera. Se quedó arrimado contra la pared tomando pequeños tragos de cerveza. No tardó en aparecer Lurpio quien, al verlo, atravesó la calle con sus carreras de cojo.

–¡Ay va, colega! ¿Qué te ha pasado? Tienes la cara como un mapa –exclamó parado delante de Mauro con los brazos abiertos.

–Déjate de teatro, Lurpio. Ve adentro y que te den una cerveza, después ven aquí que tengo que hablar contigo.

El cojo no tardó en estar al lado de Mauro con una botella de cerveza en la mano.

–¿Qué pasa, colega, problemas? –le preguntó.

–A ti no te importa lo que pasa. Necesito una pipa, ¿la tienes?

El yonqui silbó al mismo tiempo que decía:

–Puedo conseguirla. ¿Para cuándo?

–Para hoy por la noche.

–¿Limpia? –preguntó de nuevo Lurpio.

–Me da igual. ¿Cuánto?

–Puedo conseguirte una legal por treinta talegos. Y sin ganarle yo ni un duro.

–A mí me vale cualquiera, así que tráeme algo que no pase de veinte y tú gánale lo que quieras.

–¿Dónde?

–Después de las once, en la puerta del Panorama.

–¡Tú estás loco! –exclamó el cojo–. Cómo te voy a dar una pipa en la puerta del Panorama a las once. A las once y media en el Cornello. Tiene que ser una pipa, ¿no? ¿No te vale una chata?

–Una pipa.

–De acuerdo. Paga mi cerveza. Hasta luego.

Atravesó de nuevo la calzada y echó a andar por la acera en dirección al puerto. Mauro pagó las dos cervezas y se fue. Le dolía otra vez el cuerpo entero y no tenía ganas de comer. Fue hasta la agencia y esperó allí a que el cerrajero llegara con las nuevas llaves de su casa. Rechazó la invitación a comer que le hizo Micha diciendo que ya lo había hecho. Cuando tuvo las llaves, se despidió y salió. Quería acostarse y dormir.

Así lo hizo. Se desnudó por completo y se metió en la cama. Puso el tocadiscos y se adormiló mientras Mick Jagger cantaba:

What a mess this town's in tatters.
I've been shattered.

My brain's been battered.
Splattered all over Manhattan.
This town's full of money grabbers.
Go ahead.
Bite the Big Apple.
Don't mind the maggots.
My brain's been battered.
My friends they come around.
They flatter, flatter, flatter, flatter.
Flatter, flatter, flatter.
Pile it up, pile it high on the platter.

El descanso le sentó bien a Mauro. Cuando se levantó de la cama el dolor de cabeza ya no era más que una ligera molestia, los restantes golpes que tenía por todo el cuerpo no le producían más malestar que unas buenas agujetas.

Entró en el cuarto de baño y permaneció un rato contemplando su rostro en el espejo. El ojo no había mejorado nada con el sueño, pero el labio estaba menos inflamado. Se dio una ducha y regresó al dormitorio, notó que ahora sí tenía hambre y se vistió con prisa, eran las diez de la noche y quería estar en la puerta del Panorama antes de la hora de la cita con Lurpio.

Volvió al salón y, de un cajón, sacó un sobre en el que había billetes de varios valores. Contó cuatro de ellos y los depositó encima del sofá. Después contó lo que quedaba. Si no le aparecía pronto alguna cosa interesante, ese mes iba a tener problemas para pagar el alquiler y la letra de la moto. Estos pensamientos no lo entretuvieron más que unos segundos. Estaba muy acostumbrado a los problemas económicos y nunca le habían quitado energías para ninguna otra cosa. Desde muy pequeño se había ganado la vida. Apartó otro billete, guardó el resto en el sobre y lo volvió a meter en el cajón.

El Ollomol era un mesón que estaba en los bajos del edificio de al lado de la agencia. El dueño del mesón y Nacho se llevaban a matar desde que aquél había obligado al desnarigado a deshacerse de un par de enormes perros que dejaba todas las noches en la oficina. Los pobres animales, mal alimentados por el día, se pasaban las noches ladrando y persiguiendo a los muchísimos ratones que habitaban el local del detective. Los ladridos se escuchaban por el patio de luces, que hacía de embudo sonoro, y convertían en insoportable la estancia de los clientes en el mesón. El mesonero, al frente de los vecinos de ambos edificios, obligó al detective a deshacerse de los perros a pesar de la mucha resistencia que opuso. Desde entonces, las relaciones entre los dos han sido de total y beligerante enemistad. Esto no le impedía a Mauro frecuentar el mesón, al que acudía muchas veces a comer o a cenar, muy especialmente los sabrosos platos de pescado al horno que constituían la más destacada especialidad del Ollomol.

Pidió una dorada a la sal y mientras se la traían se puso a hojear el periódico. Volvió a leer dos veces la noticia de la muerte de Antonio Cendán, hasta llegar a la conclusión de que allí algo no encajaba, pero no era capaz de decir de qué se trataba. Dejó el periódico cuando entraba por la puerta un grupo de chicas entre las que venía Inés. La muchacha se percató de su presencia nada más entrar, habló algo con las otras y se acercó al lugar en donde estaba Mauro que, con rapidez se volvió a poner las gafas oscuras que había dejado en la mesa mientras leía el periódico.

–Hola, Mauro –saludó la muchacha–. ¿Qué te ha pasado en la cara?

–Sin faltar lo más mínimo a la verdad, puedo responderte que fue un mal tropiezo que tuve. ¿Qué haces por aquí?

–Estoy con unas compañeras. Estamos despidiendo a una que se va.

–Y qué, ¿estás bien? –le preguntó Mauro en un tono indudablemente sarcástico que Inés ignoró.

–Sí, claro que estoy bien. ¿Y tú?

–Pues yo también, ya ves... –continuaba cínico–. Aunque por fuera se me vea algo averiado, se puede decir que estoy muy bien.

–Bien, entonces nada más, me voy, que están esperando por mí.

–Vete, vete –insistió Mauro. En aquel mismo instante, el camarero le ponía delante la dorada y él, con la ayuda del cuchillo y del tenedor, la levantaba un poquito, como si debajo de ella esperase encontrar algo que no fuese el fondo del plato.

–Adiós, Mauro –se despidió Inés sin moverse del sitio.

–Que te vaya bien, Inés –respondió el muchacho a la despedida sin levantar los ojos del plato.

La muchacha se fue alejando despacio de la mesa y regresó con sus amigas. Mauro comenzó a dar cuenta del pescado.

Cuando salía del Ollomol buscó con la vista a la chica, pero no la localizó. Pensó que estaría en el comedor que había en la parte trasera del local, aquélla que daba al patio de luces por el que se escuchaban los ladridos de los perros. También podía ser que ya se hubiera marchado sin que él la viera.

El Panorama era un cine, ahora definitivamente cerrado, que tenía un amplio vestíbulo exterior en el que siempre había chicos y chicas. Raro era el momento del día en que no hubiese alguien sentado en las escaleras. Mauro había pasado muchas de sus horas de ocio en aquellos peldaños hablando con amigos o con desconocidos. Ahora no acostumbraba a acudir con tanta frecuencia como en otros tiempos, pero casi todas las semanas se daba una vuelta por el lugar. Colgados y sirleros, parados y subempleados, camellos de tres papelinas –dos colocadas proporcionan una para el vendedor–, charlaban el tiempo que duran unos canutos y un par de litronas que van de mano en mano. A Mauro le gustaba echar un par de tragos con los que habían sido, y seguían siendo, sus amigos de siempre.

Desde el paseo de enfrente vio que no había mucha animación en la puerta del Panorama. Atravesó la calle esquivando los coches entre los pitidos y los gestos de los conductores que le indicaban la luz roja del semáforo.

No había más personal que tres chicos y dos chicas donde, a aquellas horas, no sería extraño que se encontrasen diez o quince personas repartidas en dos o tres grupos. Los tres chavales eran conocidos de Mauro. El mayor de ellos –tendría unos diecinueve años–, era Sebas, más bajo que

Mauro, indescriptiblemente delgado, rubio el cabello y azules los ojos, tenía fama de duro a fuerza de legal; sentado en la escalera, mantenía, pasándole un brazo por encima de los hombros, a una chica muy apretada contra él. Saludó a Mauro haciendo un gesto con la cabeza. Los otros tres permanecían algo separados de Sebas y de la chica. Mauro se sentó entre los dos varones.

–¡Ay va! –exclamó el que quedaba a su derecha, un muchacho de unos diecisiete o dieciocho años que tenía unas largas greñas no muy limpias y ojos con conjuntivitis–. ¿Qué pasa de bueno o de malo para que aparezcas tú por aquí?

–Ni bueno, ni malo, ni regular. A lo que no he venido, desde luego, ha sido para verte a ti, Xosé.

A la izquierda tenía a un larguirucho flaco que le sacaba más de la cabeza. Mauro se dirigió a él diciendo:

–Hay poco movimiento hoy por aquí, ¿no es cierto?

–No hay nadie. No sé qué pasa.

–Pasa que ayer le han cortado el cuello a un pringado y el miedo ha metido a los conejos en las madrigueras –dijo Sebas en alto y asomando la cabeza por delante del rostro de su chica.

–¿Quién ha sido? –preguntó Mauro sin dirigirse a nadie en particular.

–Y nosotros qué sabemos –respondió el greñoso–. Aquí no se sabe nada del asunto. Los que se han escondido será por evitar líos y no porque alguien sepa algo.

–Eso no ha sido un sirlero cualquiera –dijo el larguirucho–, eso es un trabajo profesional.

Mauro no dijo nada, se limitó a esperar que siguieran hablando.

–¿Por qué dices que es un trabajo profesional? –preguntó la chica que, oculta por el cuerpo del larguirucho, para Mauro fue como si la voz saliera del vacío–. Dicen que fue para robarle el coche.

–Si fuera alguien que estaba robándole el buga, le daría uno, dos o veinte pinchazos, pero no le rebanaba el pescuezo de una cuchillada limpia. Eso es una sirla en la mano de un profesional de los que parten un pelo en el aire.

Al escuchar esto, Mauro se dio cuenta de qué era lo que no le encajaba bien cuando leyó la noticia en el periódico: el lugar donde había aparecido el BMW de Cendán.

Ya pasaban algo de las once y media de la noche y Mauro se despidió de los muchachos para ir en busca de Lurpio.

El Cornello era un bar que quedaba por detrás del Panorama, en una calle estrecha en la que se veía algo gracias a las luces de los abundantes bares que había en ella.

Lurpio esperaba en la puerta del bar y, en cuanto vio aparecer a Mauro, se acercó andando con prisa.

–Toma –le dijo entregándole un paquete pequeño–. Dame la pasta.

–Espera, espera –Mauro cortó las prisas del cojo–, no tengas tanto apuro. ¿Qué es lo que me traes?

–Por favor Mauro, ya hablaremos después, dame los veinte talegos que vuelvo enseguida.

Mauro se percató del temblor del chaval y se echó la mano al bolsillo. Sacó de él los billetes y se los entregó. Lurpio salió casi corriendo mientras le decía:

–Espérame en el Cornello que vuelvo ahora. Después hablamos.

El Cornello era un viejo bar con mesas de mármol sobre pies de hierro forjado, alto mostrador con barra y piso de baldosa ajedrezada semioculta por el serrín. Mauro se acercó a la barra y pidió una cerveza. Había metido el paquete debajo de la cazadora y cerrado la cremallera, no se apreciaba ningún bulto especial ni tenía necesidad de mantener el envoltorio apretando el brazo contra el cuerpo; el elástico de la cintura lo aguantaba.

Lurpio tardó unos veinte minutos en regresar. Se colocó al lado de Mauro y pidió una cerveza. Cuando la tuvo en la mano le dijo:

–Salgamos afuera, que allí hablamos mejor. Pide otra que invito yo.

Cuando le sirvieron a Mauro la segunda cerveza se dirigieron a la salida.

Una vez fuera, sentados en el bordillo de la acera, el cojo volvió a hablar.

–Llevas un veintiocho que está muy bien. Lo que no tengo es mucho para darle de comer. Poco he podido conseguir, pero llega para llenarlo un par de veces.

–Me sobra con eso que no voy a la guerra –dijo Mauro notando que el amigo le metía en el bolsillo algo pesado–. ¿Todo en las veinte?

–Todo en las veinte, aunque le gano poco.

–No me llores, Lurpio, no me llores. ¿De dónde viene?

–Mucho quieres saber.

–Lo que no quiero son sorpresas desagradables. ¿Sabes de dónde viene o no lo sabes?

–No lo sé, pero está limpio, perfectamente limpio. Seguramente ha pasado la raya seca. Es de donde vienen casi todos los veintiochos y veintidós.

Hablaban en voz baja y de vez en cuando saludaban a alguno que pasaba por delante o por detrás de ellos. Una chica vino a sentarse junto a los dos amigos. Cruzó los brazos por debajo del pecho como si tuviera mucho frío, aunque la noche estaba agradable de temperatura. Vestía un enorme blusón, debajo de una cazadora de tela, y unos pantalones vaqueros viejos y gastados.

–¿Tienes algo para meterme, Lurpio? –le dijo con la vista puesta en las puntas de sus tenis blancos y azules–. Leoncio me ha dicho que tenías.

Lurpio soltó una blasfemia antes de decir:

–Ese Leoncio de mierda no puede tener la lengua quieta –y después dijo dirigiéndose a la chica–. ¿Y qué te tengo que decir ahora? Claro que tengo, pero mañana me la devuelves.

El muchacho metió la mano en el bolsillo de la camisa y le pasó un pequeño envoltorio a la chica que, después de cogerlo, se levantó diciendo:

–Seguro que mañana te la devuelvo o te la pago. Gracias Lurpio –y desapareció por la puerta de una cafetería frente al Cornello.

–Yo también me voy –dijo Mauro poniéndose de pie–. Ya nos veremos.

–Que te vaya bien, Mauro –se despidió Lurpio sin moverse del lugar.

VI

A partir de ciertas horas de la noche, A Queimadela es un desierto de negrura. Además de la ausencia de alumbrado en la mayor parte de su extensión, le acompaña el deterioro producido por la nula atención que se le presta al barrio en lo referente a los equipamientos que hacen habitable un lugar. Como consecuencia de esto, son incontables las historias que circulan sobre sucesos violentos ocurridos por las noches en A Queimadela, muchos de ellos exagerados, cuando no son totalmente imaginarios, pero que le han dado a esta parte de la ciudad una aureola de ciudad sin ley por la que nadie se aventura a transitar después del anochecer. Como consecuencia de todo esto, el lugar acabó siendo refugio de toda clase de personajes que se ven favorecidos por las condiciones de soledad y discreción en que derivó el lugar.

Mauro dejó la moto en uno de los espacios diáfanos que permitían el paso por debajo de los bloques de las viviendas, sin necesidad de recorrer una calle entera para pasar a la paralela. Le puso el pitón con el fin de evitar sorpresas desagradables al regresar a recogerla. Recorrió a pie la distancia que lo apartaba del Cadelo. Paró en la puerta un instante y, desde allí comprobó que estaba totalmente vacío de clientes. Sólo Marcial, fuera del mostrador, miraba el televisor sentado a caballo de una silla. Mauro se paró detrás de él y pidió una cerveza. El hombre se dio la vuelta de repente, asustado por la voz que no esperaba y, de inmediato, su rostro evidenció que reconocía en el recién llegado que la tarde anterior había estado allí mismo hablando con Severo. Mauro fingió ignorar tal reconocimiento y se dirigió al retrete.

Una vez dentro, estuvo un rato vigilando por si Marcial hablaba por teléfono, situado muy cerca de la puerta que él acababa de cerrar por dentro. Sin dejar de atender a los ruidos que venían del bar, sacó de debajo de la cazadora el paquete que Lurpio le había entregado. De él extrajo el revólver. Era un veintiocho en aparente buen estado. Lo abrió y giró el cilindro, lo volvió a cerrar, levantó el percutor y, apretando el gatillo, comprobó su correcto funcionamiento. Sacó de la cazadora el otro pequeño envoltorio que Lurpio le había metido en el bolsillo y lo abrió sobre la tapa del váter. Llenó el cilindro del revólver y volvió a guardar las balas restantes en el bolsillo. Sopesó otra vez el arma con la mano y se la colocó en la espalda, entre la camisa y el pantalón.

Cuando regresó al interior del bar, Marcial volvía a cabalgar sobre la silla sin prestar atención a nada que no fuera el televisor. Mauro comenzó a beber la cerveza directamente de la botella. Se había colocado estratégicamente entre el hombre y el mostrador, aparentando mirar el televisor, cuando, como dirigiéndose a la locutora que daba las noticias del último telediario, preguntó:

–¿Severo no viene hoy por aquí?

Marcial lo miró, pero, a continuación, volvió a poner la vista en el televisor sin responderle.

–La primera pregunta se da por fallada por no responder. Vamos con la segunda. Venga, que ganas un premio seguro si no me respondes enseguida y me dices la verdad. ¿Dónde vive Severo, Marcial?

El tabernero se levantó de la silla y se encaró con el muchacho.

–Yo qué sé dónde vive Severo –le respondió casi gritando y dando a continuación la vuelta para meterse detrás del mostrador. Mauro lo agarró por la parte trasera del cuello y lo atrajo hacia sí.

–¿Dónde vive Severo, Marcial? –le habló bajito–. Responde pronto si no quieres que te parta el cuello.

–En el segundo piso del bloque dieciocho B. Y ahora déjame.

–Espera un poco que todavía tengo otro recado para ti. Yo no le voy a decir a Severo quién me ha dicho su dirección, pero tampoco quiero que esté esperándome cuando lo vaya a visitar, así que olvidemos los dos que nos hemos visto hoy. ¿Estamos?

–Estamos –asintió Marcial.

Mauro lo empujó con fuerza y se golpeó con la puerta del retrete, donde se giró y se quedó muy quieto mirando para el muchacho que, después de dejar sobre el mostrador una moneda, se dirigió hacia la salida del local.

Subió las escaleras del bloque que Marcial le había indicado con toda clase de precauciones. Para no desentonar con el resto del barrio, las escaleras estaban en la más absoluta oscuridad. Para Mauro esto no representaba ningún inconveniente, más bien le favorecía, pues no había peligro de que, en aquel momento, se le ocurriese entrar o salir a algún vecino y encender la luz.

No se oía ningún ruido en todo el edificio, pero cuando le faltaban media docena de peldaños para llegar a la puerta del segundo piso, se detuvo y escuchó con especial atención. El silencio le hizo pensar que Severo dormía o que no estaba en casa. Acabó de subir las escaleras y se detuvo delante de la puerta. Palpó con cuidado hasta localizar hacia qué lado abría y se colocó muy pegado a la pared que quedaba del lado de la cerradura. Sacó el revólver y, con la punta del cañón, tocó el timbre. Fue el único sonido que se escuchó en el interior de la vivienda. Llamó por segunda vez y volvió a esperar. Esta vez tampoco respondió nadie a la llamada ni se escuchó nada que pudiera hacer pensar que había alguien dentro.

Bajó las escaleras con las mismas, o más, precauciones con las que había subido, consciente de que ahora la sorpresa podía ser el mismísimo Severo en persona quien se la proporcionase, pero no encontró a nadie. Atravesó la calle y se instaló en el portal de enfrente. Comprobó que allí tampoco se encendería una luz de repente y se dispuso a esperar la llegada de su hombre.

Cada vez que Mauro encendía la lucecita que alumbraba la esfera del reloj, parecía como si el portal se llenara de luz y, a medida que el tiempo pasaba, estas consultas eran más frecuentes. No hacía mucho que había comprobado que eran las dos y veinte, cuando escuchó voces que procedían del fondo de la calle. Mauro se apretó más contra la pared. Los que hablaban venían de aquella dirección y ya estaban cerca. ¡También sería casualidad que fuera alguien que viniera para aquel portal! Pero parecía que no, porque ahora veía que dos hombres atravesaban la calle y eran quienes hablaban. Se pararon delante del portal de Severo, sin embargo no eran más que dos sombras irreconocibles y no podía asegurar que uno de ellos fuese el hombre al que Mauro esperaba; había que comprobar si entraba en el portal. Probablemente lo era. Ahora escuchaba lo que decían y estaban despidiéndose. Uno de ellos siguió su camino por la calle, el otro entró en el edificio donde vivía Severo. Mauro tuvo intención de salir, sin embargo el segundo hombre aún estaba muy cerca y no era cosa de que pudiera descubrirlo atravesando la calle. Esperó a que estuviese un poco más alejado y corrió hacia la entrada.

Cuando puso los pies en el primer peldaño escuchó que Severo doblaba en el primer descanso. Subió escaleras arriba sin hacer ruido y lo alcanzó en el mismo instante en que introducía la llave en la cerradura.

Severo no hizo más que girar la cabeza a su izquierda al notar una presencia extraña, enseguida sintió el cañón del revólver apoyado en el costado.

–Deja la llave puesta y separa las manos del cuerpo –le dijo Mauro en la oscuridad.

Le pasó el arma a la espalda y lo empujó contra la puerta en la que quedó apoyado. Comenzó a registrarlo y le sacó la pistola que llevaba en la cintura. En el bolsillo trasero del pantalón le encontró una navaja que guardó en el bolsillo de su cazadora.

–Ya está desplumado el gallo –dijo Mauro–. Ahora abre la puerta despacio.

Severo hizo lo que le mandaban y cuando la puerta estuvo abierta, quedó quieto ante ella.

–Da un paso adelante y tírate al suelo.

El hombre obedeció de nuevo y Mauro comenzó a palpar la pared hasta que encontró el interruptor de la luz. Se iluminó un sucio pasillo que Mauro inspeccionó sin dejar de vigilar al hombre, que permanecía tirado en el suelo, boca abajo y con los brazos estirados por encima de la cabeza. Con el pie abrió la primera puerta que había a mano derecha y que daba paso a la cocina. Se apartó de la entrada y, sin dejar de apuntarle con el revólver, le dijo:

–Venga, de pie y entra aquí que tenemos que hablar tú y yo.

Severo se levantó y, con los brazos en alto, se dirigió a la cocina. Su rostro, ya repuesto de la sorpresa del primer momento, no manifestaba ningún tipo de preocupación, casi parecía sonreír. Se paró en el medio de la cocina como esperando nuevas órdenes.

–Siéntate ahí –le ordenó Mauro indicándole una de las dos sillas que había delante de una mesa de formica– y pon las manos por detrás de la silla.

–¿Qué quieres, chaval? –dijo Severo por fin en un tono casi conciliador–. Si es por lo de ayer, bien se ve que no fue para tanto.

Mauro arrancó el cordel de la persiana de la ventana y comenzó a atar las manos del hombre al respaldo de la silla.

–De lo de ayer también vamos a hablar, que todavía queda mucha noche por delante. Para comenzar quiero saber quién mató a Antonio Cendán y por qué.

–Mira, chaval, estás metiendo las narices donde no te importa y esto puede ser muy malo para ti, cuanto menos sepas mejor te va a ir. Déjate de preguntas, vete y olvidemos los dos esto para siempre.

–Severo, Severo, que quiero respuestas a mis preguntas y no consejos –dijo Mauro poniendo el cañón del arma en la cara del hombre–. Has hecho un buen trabajo con Cendán, pero un vulgar sirlero no es capaz de cortarle la garganta a un hombre de un tajo tan preciso. Además, el lugar donde habéis dejado el automóvil no es un sitio en el que tenga que pintar algo quien roba un coche para dar una vuelta. Allí no hay nada que le pueda interesar, pero tú sí sabes que desde allí se puede bajar a los varaderos por el atajo en media hora sin encontrar a nadie. Si ves que no voy bien no tienes más que corregirme.

El gesto de Severo ya no tenía la misma seguridad del principio y sus ojos azules volvían a formar una fina raya en el rostro, de la misma manera que había ocurrido en el Cadelo cuando el muchacho citó el nombre de Celso Mendaña.

–Bien –dijo Mauro apartándose del hombre y cogiendo una silla en la que apoyó un pie–. Ya doy por respondida la primera parte de la pregunta sobre la muerte de Cendán. Ahora falta saber por qué, pero a todo se llegará.

–No te voy a decir nada, Mauro –le dijo Severo recobrando la serenidad–, sé muy bien que matar no me vas a matar; tú no tienes lo que hay que tener para matar a un hombre.

–Haz la prueba –lo retó Mauro–. En A Pomba estabais Cendán, Mendaña, tú y otro la noche en que descubriste a Henrique durmiendo en el barco. ¿Quién era el otro?

Severo permaneció en silencio. Mauro levantó el revólver en el aire y se lo dejó caer con fuerza en la boca. Severo dio un pequeño grito y comenzó a escupir sangre. Nuevamente se dibujó la raya azul en su rostro.

–Muchacho, ya eres hombre muerto –farfulló el hombre.

–Escucha, estoy metido en esto sin comerlo ni beberlo y seguramente tienes razón al decir que no soy capaz de matarte, pero puedes dar por seguro que soy capaz de golpearte como si fueras una estera, hasta que me digas quién es el otro que estaba en el barco –decía Mauro mientras tenía al hombre cogido por el pelo–. ¿Quién era?

Severo seguía en silencio y sostenía la mirada del muchacho. Un nuevo golpe con el cañón del arma que sostenía Mauro abrió una nueva fuente de sangre sobre la ceja izquierda de Severo.

–Estoy pensando en una cosa que no te va a hacer ninguna gracia –dijo Mauro poniéndose delante de Severo y apuntándole con el revólver a la entrepierna–. Lo que sí soy muy capaz de hacer, si no respondes a mis preguntas, es pegarte un tiro en los cojones que te va a dejar desgraciado para siempre, ¿qué te parece?

Severo alzó la mirada a los ojos del muchacho intentando comprobar la resolución que encontraba en ellos de hacer lo que decía. Le debió de parecer que iba en serio, porque le dijo:

–¿Si te lo digo me das tu palabra de que olvidas a Mendaña?

–No te prometo nada –le respondió Mauro cogiendo el arma con las dos manos para no errar el tiro–. ¿Quién es?

–Se llama Mario Pena.

–¿Dónde vive?

–No lo sé –respondió Severo, quien al ver el nuevo gesto amenazante del muchacho, prosiguió–. Tiene un despacho en la Praza do Campo, en el número doce, tercero.

–Ahora sí que vamos por buen camino. ¿De qué se trató en la reunión del barco?

–Negocios.

–Negocios, negocios –remedó Mauro–. ¿Qué clase de negocios?

–Eso no es cosa mía, yo esperé fuera.

–Está bien, por ahora te voy a creer. ¿Quién te mandó que mataras a Cendán?

–¿Quién te ha dicho que lo he matado yo? Yo no he sido ni sé quién ha sido.

–¿Ha sido ese Mario Pena?

–Eso vas a tener que preguntárselo a él.

–Se lo preguntaré, se lo preguntaré. Puedes estar bien seguro de que se lo he de preguntar muy pronto.

Mauro sacó la automática que le había quitado a Severo y le retiró el cargador, lo vació encima de la mesa y guardó la munición en el bolsillo. Después lanzó la pistola contra la ventana que, rompiendo los cristales a su paso, fue a caer al patio interior del edificio. A continuación hizo lo mismo con el cargador y con la navaja.

–No te desato porque en algo tienes que pasar el resto de la noche. Y no te quejes, quedas mejor de lo que me dejasteis ayer a mí.

–Ya nos veremos –dijo el hombre entre dientes.

–Seguro que sí –replicó Mauro echando a andar por el pasillo. Tiró de la puerta que daba a las escaleras y cerró con la llave por fuera. Cuando llegó a la calle, arrojó la llave en medio de unas bolsas de basura. Eran las tres y media de la madrugada.

Detuvo la moto a unos treinta metros de la casa donde vivía la Carballesa, que no tardó en aparecer. Se dirigió al portal que la mujer estaba abriendo. Poco antes de llegar se cruzó con el taxi que la había traído y que arrancó en cuanto la mujer se apeó.

Alcanzó a la pelandusca en el momento en que, de espaldas a la entrada, dejaba caer la puerta para que se cerrara sola. De una zancada la agarró por un brazo y, cuando la mujer se giraba al notar la presión, se encontró con el revólver a la altura de los ojos.

–Vamos arriba, que tú y yo tenemos una conversación pendiente.

La mujer, con los ojos desmesuradamente abiertos, comenzó a subir por las escaleras seguida por el joven. Llegaron a la puerta de la vivienda y la Carballesa tuvo la intención de tocar el timbre, pero Mauro la detuvo indicándole que abriera con la llave. Obedeció a lo que le mandaban y abrió. Simultáneamente comenzaron a escucharse carreras y voces por el pasillo. Eran las compañeras de la Carballesa que venían corriendo y gritando hacia la puerta.

–Toña, Toña –decía la que venía delante que, al ver a Mauro detrás de la recién llegada, paró de hablar de repente.

–Andando todas para delante, que vamos a acabar lo que dejamos a medias –dijo Mauro en voz alta mostrando el arma que llevaba en la mano.

La Carballesa, tiesa como una vara, avanzó por el pasillo en dirección a la habitación del fondo, aquélla en la que Mauro las había metido en la anterior visita. Las otras mujeres reculaban sin dejar de mirar la escena, con el miedo reflejado en los ojos enrojecidos por el alcohol que el trabajo les había obligado a ir metiendo en sus cuerpos. Mauro enseguida localizó entre ellas a Maria do Céu. Era poco más que una niña de grandes y hermosos ojos negros, esos ojos que se les ponen a los que lo han pasado mal y que nunca son capaces de quitar de su rostro las señales de la desnutrición.

–Adentro, adentro –Mauro les metió prisa al ver que se detenían en la puerta sin decidirse a entrar–. Todas para dentro –repitió consiguiendo sólo que se separaran en dos grupos, uno a cada lado de la puerta de la habitación, pero sin entrar.

Por entre los dos grupos de mujeres, Mauro pudo ver las piernas de un individuo tendido en el suelo. Empujó a la Carballesa hacia el interior y él entró detrás de ella. Sobre la alfombra del salón yacía el cuerpo de un hombre tumbado boca abajo. Tenía los brazos debajo del cuerpo y la cara girada hacia la pared de enfrente. El joven pasó por encima del cuerpo y se arrodilló delante de él. Tenía el rostro totalmente ensangrentado y deshecho en su mitad izquierda. La Carballesa, que también había pasado al otro lado, contuvo un grito poniendo las manos sobre la boca.

–¿Es Merexildo, verdad? –preguntó Mauro mirando a la pendanga que permanecía con las manos delante de la boca.

La mujer hizo un gesto afirmativo con la cabeza y preguntó:

–¿Está muerto?

–Y bien muerto.

–Cuando llegamos lo encontramos ahí tal y como está –dijo la mujer pequeñita dirigiéndose a la Carballesa–. Estábamos esperando a que llegases para ver qué hacíamos.

Mauro levantó un poco más el cadáver. Tenía una pistola en la mano, pero por lo que se veía, no le habían dado tiempo a usarla. Buscó con la mirada a Maria do Céu y le preguntó.

–¿Tú tampoco estabas en la casa cuando pasó esto?

–Ella estaba con Elena y con Carmen en el local donde trabajan. La mandé yo porque sabía que volverías.

–O sea, ¿que no sabéis quién ha podido despachar a este desgraciado?

Nadie respondió a la pregunta del joven.

–¿Venía mucho por aquí? –preguntó de nuevo dirigiéndose, en esta ocasión, a la Carballesa.

–Casi nunca –respondió con los ojos puestos en el cadáver–. Después de que tú estuvieras aquí, lo llamé para contárselo y quedó en que pasaría por el Memphis para ponernos de acuerdo y llevar a Maria do Céu a otro lugar más seguro, pero no fue por allí.

Quedó callada un momento y miró para Mauro. Sus ojos reflejaban ira y desconfianza.

–¿Y por qué tengo que contarte nada? –le espetó–. ¿Cómo sé que no has sido tú quien lo ha matado?

–Porque no lo he matado. No tenía por qué. Yo sólo quiero tener unas palabras con Maria do Céu, que por cierto va a ser ahora mismo. Ven conmigo –dijo dirigiéndose a la muchacha que permanecía en silencio contemplando la escena apoyada en el marco de la puerta.

La cogió por el brazo y la empujó suavemente hacia fuera. Abrió la primera puerta que encontró y entraron. Era un dormitorio en el que, por todo mobiliario, había dos camas y un barrote, atravesado de pared a pared, en el que estaban colgadas en perchas y bolsas las pertenencias de las usuarias del cuarto.

–Siéntate –le dijo Mauro señalándole la cama que estaba más cerca de la puerta por la que acababan de entrar.

–Ya sabes para qué te tienen aquí, ¿verdad?

La muchacha afirmó con la cabeza y Mauro siguió hablando:

–Tampoco eres tan niña como para no entender lo que significa trabajar en los locales de Merexildo o de cualquier otro. Ahora todas tendréis que buscar un nuevo acomodo. Todo esto no es asunto mío, porque yo no me dedico a predicar los peligros de esta clase de vida. Allá cada uno si sabe lo que hace y tú dices que lo sabes.

Maria do Céu escuchaba lo que le decía Mauro sin mirar para él.

–Estaba buscándote porque era algo amigo, por decirlo de alguna manera, de tu hermano Henrique –la joven levantó la vista al oír el nombre de su hermano–. Él quería encontrarte para decirte dónde está lo que queda de tu familia.

–¿Y ahora dónde está Henrique?

Mauro, en silencio, tuvo intención de apartar la vista de los grandes ojos de Maria do Céu, pero pensó que en aquel momento eso no era lo más conveniente.

–Anda por la ciudad. Hace pequeños trabajos que le permiten ir viviendo.

Mauro metió la mano en el bolsillo interior de la cazadora y sacó el sobre que había encontrado entre las cosas de Henrique, buscó en él y cogió un papelito.

–Aquí tienes, escrito por él mismo, el lugar en el que vive tu madre y tus hermanos a salvo de tu padre, que no sabe dónde están, ni volvería aunque lo supiera.

–¿Están todos bien? –preguntó de nuevo.

–Cuando Henrique los dejó, todos estaban bien de salud, no creo que se pueda decir lo mismo de cómo les iban las cosas. Ahora mismo no sé nada, pero a ti te corresponde enterarte si te interesa y no a mí.

–Podré ayudarles mejor si me quedo aquí con Toña. Si me voy con ellos poco los ayudaría, ¿no le parece?

–A mí ni me parece ni me deja de parecer. Haz lo que quieras.

–Muchas gracias, señor. Dele recuerdos a Henrique, pero que no me busque.

–Como quieras –dijo Mauro saliendo por la puerta.

Regresó al lugar en el que estaban las mujeres velando el cadáver de Merexildo. Entre ellas hablaban en voz baja. Mauro se acercó a la Carballesa y dijo en alto:

–Cuando me vaya, llama a la policía. Les dices que cuando llegasteis a casa os encontrasteis muerto a Merexildo. No os va a pasar nada, salvo las preguntas que os hagan. A todas os sobran testigos de dónde estabais cuando lo despacharon –todas escuchaban con atención lo que les estaba diciendo–. Vosotras haced como queráis, pero no vais a ganar nada con nombrarme en este asunto y todo resultará más fácil sin que yo tenga que explicar que vine aquí porque tenéis a una menor metida en el negocio.

Después de mirarse las unas a las otras, habló la Carballesa:

–Está bien, vete que no te mezclaremos en nada.

–Hay otra cosa, si no quieres follón es mejor que Maria do Céu se vaya a otro lugar mientras ande la pasma por aquí. ¿Tienes adónde mandarla?

–Tengo, sí. Tengo una vivienda propia, puede ir a allí.

–Es un buen lugar. Allí tendréis que ir todas después, porque lo primero que va a hacer el juez es precintar esta casa, que era propiedad de Merexildo, ¿no es cierto?

La mujer asintió. Mauro hizo un gesto de despedida con la mano y se echó a andar por el pasillo, camino de la salida.

Mientras subía en el ascensor que lo llevaba desde el garaje hasta el piso de su vivienda, se sintió muy cansado, pero no tenía sueño. Miró el reloj, eran las cinco y media. Salió del ascensor y antes de darle al interruptor de la luz, escuchó el sonido de una respiración. Echó la mano atrás y, empuñando el revólver, de un salto se colocó en el primer peldaño de la escalera. Ahora, entre quien respiraba y él quedaba el ascensor. Desde aquel lugar, palpando buscó el botón que encendía la luz, lo pulsó y se iluminó el lugar. Mauro apuntó hacia el bulto del cual provenía el sonido de la respiración y descubrió a Inés que, encogida en el suelo, dormía con la cabeza apoyada en la pared.

Mauro guardó el arma y se acercó a la muchacha. Le tocó en el hombro y ella abrió los ojos.

–Mauro –dijo Inés todavía somnolienta–. ¿Qué hora es? Me he quedado dormida. Llevo aquí desde la una.

–Son las cinco y media –respondió Mauro ayudándola a ponerse de pie–. ¿Qué haces aquí?

Abrió la puerta de la vivienda y entraron los dos.

–Vine para hablar contigo –dijo ya casi totalmente despierta–. Cuando vi que no estabas fui a entrar, pero has cambiado la cerradura.

–¿Y por qué te has dormido en la escalera?

–Pensé que vendrías pronto y adormecí ahí sentada.

–Pues debe de ser muy importante lo que me tienes que decir. ¿Quieres un café?

–Quiero –respondió Inés que permanecía de pie en medio de la estancia.

Mauro empezó a trajinar en la cocina y no tardó en acercársele Inés.

–¿Qué era eso tan importante de lo que me tenías que hablar? –le preguntó sin separar la vista de la cafetera.

–Ahora ya no lo sé. ¿A ti no te ha pasado que piensas en decirle algo a alguien y después de dormir ya no lo ves tan claro?

Mauro miró a la muchacha riendo.

–O sea, que has pasado la noche sentada en las escaleras para nada.

–¿Acaso no te alegras de verme?

–No hace mucho tiempo te daba igual si me alegraba o no. Vamos a sentarnos que ya está el café.

–Pero es que hoy, cuando te vi en el Ollomol, a pesar de que estabas muy desagradable, me di cuenta de que no me acostumbro a estar sin ti –hablaba al mismo tiempo que echaba el café en las tazas–. Ha pasado poco tiempo, pero ya me he dado cuenta de que iba a volver. Me parecía estúpido seguir así.

Ya estaban sentados en el sofá y bebían el café. Mauro ponía en el tocadiscos uno de los discos que le había dado Lurpio, pero seguía en silencio para provocar que Inés continuara hablando.

–Además estaba preocupada porque te vi en aquel estado. No hacía más que pensar que te podía pasar algo grave. Así que decidí venir a verte. ¿Estás metido en algo gordo, Mauro?

Mauro se echó para atrás en el sofá y notó el bulto del revólver. Lo sacó y lo depositó en el suelo, al lado del sofá.

–¿Ahora llevas pistola?

–No sé en qué estoy metido –dijo Mauro recostado en el asiento–. Sólo sé que cada vez estoy más implicado en algo que no sé qué es, ni adónde puede llevarme.

Inés escuchaba al joven, que tenía los ojos cerrados, mirando para él en silencio.

–La otra noche, cuando estuviste aquí, conocí a un chaval que me cayó bien. Pasé la mayor parte de la noche con él y al día siguiente por la mañana apareció muerto en el puerto. No sé por qué, pero me entró una ira como nunca antes había sentido. Era como si me arrebatasen la posibilidad de hablar con él más veces. Sé quién lo mató y quiero hacerle pagar por eso como es debido.

–Pues denúncialo a la policía.

–Sí, y todos cuantos están detrás de él, todos cuantos provocan estas cosas, como siempre, tan tranquilos. No, esto no va a ser tan sencillo.

–Pero los que han matado a ese muchacho también te pueden matar a ti, Mauro.

–Pueden y harán lo posible por hacerlo.

Mauro abrió los ojos y se echó hacia delante en el sofá. Le pasó a Inés una mano por detrás de la cabeza y miró fijamente los ojos verdes de la muchacha.

–Por todo esto es por lo que me alegro de que hayas venido hoy, para que nos podamos decir todo cuanto se nos ocurra, para que no nos quede nada por decirnos cada día que estemos juntos.

Inés cogió la cara de Mauro entre sus manos.

–Mauro ahora sé que te quiero tal y como eres, que no deseo que cambies en nada e ir buscando cada día lo que hay en ti que me hace amarte.

–Inés, conmigo nunca vas a poder vivir ninguna clase de seguridad. Hoy ésos me pueden matar y mañana puedo partirme la cabeza con la moto o desaparecer de repente o qué sé yo qué puede ser de mí.

–Mauro quiero vivir contigo mi capacidad de amarte infinitamente, a pesar de saber que cualquier cosa nos puede separar y producirme un dolor inmenso. Todo es mejor a vivir sin amarte.

Se abrazaron con fuerza mientras la unión de las dos bocas obligaba al silencio que necesitaban en aquel instante en el que los dos pensaban que, con todo, lo mejor era el amor.

Sólo se escuchaba a Leonard Cohen que decía:

True love leaves no traces
If you and I are one
It's lost in our embraces
Like stars against the sun

As a falling leaf may rest
A moment on the air
So your head upon my breast
So my hand upon your hair

And a many nights endure
Without a moon without star
So will we endure
When one is gone and far.

VII

Inés se fue muy temprano, a las nueve y media de la mañana tenía que fichar en el trabajo y además debía tener, a esa hora, lo que el reglamento llamaba una agradable presencia para atender al público, cosa nada fácil después de una noche sin dormir.

Mauro también tenía planes hechos para esa mañana, así que la llevó en moto hasta la puerta de los grandes almacenes.

–Por favor, ten cuidado –le dijo la muchacha cuando se apeaba.

Mauro no respondió a la advertencia más que con un gesto de despedida, dio la vuelta en la misma calle y arrancó en dirección al centro de la ciudad.

El crecimiento de otras zonas comerciales en diversos lugares de la periferia le había restado cierto protagonismo al centro, pero todavía conservaba en su seno los elementos de dirección económica y burocrática de la ciudad. Esto resultaba bien patente a aquellas horas de la mañana, en las que era considerable la sensación de actividad y de movimiento que daban las numerosas personas que acudían a bancos, despachos y oficinas de gestión administrativa, que tanto abundaban por la zona.

En la actualidad la Praza do Campo casi no era tal, sino la confluencia de dos anchas calles que cruzaban el centro de la ciudad casi perpendicularmente. Sin embargo, un cierto aspecto circular en la disposición de los edificios numerados correlativamente, unido al hecho de que la gente conservó su antiguo nombre a base de no usar algunos de los que las autoridades pretendieron darle a lo largo de los tiempos, preservó su carácter de plaza.

Mauro aparcó la moto entre dos coches y se dirigió directamente al número doce de la plaza. Era un edificio de cinco alturas de construcción antigua. Tenía la fachada totalmente renegrida y los marcos de las ventanas pintados de distintos colores, según el piso al que correspondiesen. Pegado en el cristal de la puerta había un trozo de una hoja de un cuaderno escolar en el que alguien había escrito unas líneas avisando a los convecinos de que tuvieran más cuidado con la puerta, que ya era la quinta vez que se le cambiaba la cerradura.

Mauro se arrimó a la pared y esperó a que alguien apareciera. No tardó en presentarse una mujer, salía con un carrito de la compra por lo que se demoró algo en la puerta, momento que aprovechó el joven para ir en su ayuda y, a continuación, colarse en el interior.

Un ascensor de los de cancela de hierro lo dejó en el tercer piso. A su derecha había una puerta de lo que parecía ser una vivienda y a la izquierda se abría un pasillo. Entró por él, en la pared que quedaba a mano izquierda había dos puertas. En la primera un rótulo indicaba que dentro albergaba el despacho de un abogado y en el segundo el letrero anunciaba un reumatólogo. Un poco más adelante el pasillo giraba a la izquierda y al fondo, una tercera puerta ostentaba un letrero en el que se podía leer:

Mauro acercó el oído a la puerta y no escuchó ningún ruido. Golpeó con los nudillos y esperó. No tardó mucho en oírse en el interior un ligero movimiento al que siguió una voz que preguntó:

–¿Quién es?

–Mensajero –gritó Mauro desde fuera cogiendo el revólver en la mano derecha que metió debajo de la cazadora.

La puerta se abrió y se asomó la cara barbada de un hombre de unos treinta y tantos años. Los cabellos revueltos y las ropas arrugadas, indicaban que acababa de levantarse de dormir.

–¿Don Mario Pena Picos? –preguntó Mauro.

–Soy yo –respondió el hombre pasándose una mano por el rostro.

–Pues arrea para delante –dijo Mauro empujando la puerta con el pie y poniéndole el cañón de su arma apoyado en la barriga.

Mario reculó para dentro y Mauro cerró la puerta tras de sí. Miró alrededor. El local era una estancia de unos veinte metros cuadrados con una mesa al fondo no muy grande y con una silla; algunos papeles, un teléfono encima de la mesa y un archivador metálico a la derecha de la silla, eran lo único que daban al lugar aspecto de despacho. Dos sillas delante de la mesa y un sofá arrimado a la pared de la derecha, completaban el mobiliario del local.

–Ahí sentado –le ordenó Mauro al asustado y enmudecido Mario Pena señalándole el sofá en el que el hombre había dormido, a juzgar por la manta arrugada que permanecía encima de él y que el muchacho retiró, echándola a un rincón del sofá.

Dio la vuelta por detrás de la mesa y abrió los cajones, no contenían más que algunos papeles viejos y sucios. El archivador también estaba vacío.

–Poco papeleo te deben de dar a ti las representaciones –dijo Mauro sentado en la silla de detrás de la mesa.

–¿Quién eres tú? ¿Qué quieres?

–Dejando a un lado quién sea yo, quiero que me cuentes qué negocio tienes con Celso Mendaña y con Antonio Cendán.

–Yo no sé quiénes son ésos.

–Mira, déjate de tonterías. Ayer por la noche Severo cantó todo cuanto a mí me dio la gana que cantase. Comencemos, para que veas que no te miento, por una reunión en el barco de Mendaña, en los varaderos de A Pedreiriña y si quieres seguimos por lo que me contó de la muerte de Cendán. Dice que él no fue quien lo mató, seguramente porque piensa decir que fuiste tú.

–Cómo va a decir que fui yo, si ese día no estuve en la ciudad y él sabe que es así.

–Eso pregúntaselo a él. El caso es que dice que tú tienes que ver en esa muerte.

–Ya veo que te estás haciendo el adivino a ver si pico. No creo que Severo te dijese nada.

–Claro hombre, que yo he sabido de este despacho por el Colegio de Agentes Comerciales. No seas tonto, Severo no va a cargar con el muerto él solo.

–¿Y tú quién eres para hacerme preguntas? Porque policía no eres.

–Yo sólo quiero saber dónde puede cobrar un amigo mío un dinero que le debía Cendán y que está muy cabreado porque lo han matado y ahora ya no paga –mintió Mauro.

–Yo siempre dije que había sido una burrada deshacerse de Cendán, pero no me quisieron dejar que me encargase de calmarlo. Cogieron tanto miedo como él y por culpa de eso pasó lo que pasó con Merexildo.

Mauro no dio ninguna muestra de sorpresa al escuchar el nombre de Merexildo, aunque aquello le resultaba totalmente nuevo.

–¿Qué fue lo que pasó con Merexildo?

–¿Qué tenía que pasar? Que también lo mataron.

–¿Cuándo? –preguntó Mauro.

–Supongo que ayer, yo acabo de saberlo por el periódico.

–¿Y por qué lo matarían?

–Merexildo empezó a decir que quería más participación en el negocio, que ahora que ya no estaba Cendán y que él tenía algún dinero, quería entrar como inversor y eso significaba que sabía más de lo que debía como simple comisionista.

Mauro no sabía cómo hincarle el diente a toda aquella serie de datos desordenados que estaba recibiendo de Mario Pena. No encontraba la forma de encajarlos los unos con los otros, aunque estaba convencido de que pronto lo conseguiría. Así que decidió arriesgarse un poco.

–¿Pero Merexildo también era socio?

El hombre quedó callado un momento antes de decir:

–Merexildo y yo éramos socios en los clubes, pero nada más. Después era con Cendán con quien se entendía. Yo puse algún dinero pero es todo cuanto sé.

–¿Y entonces para qué fue la reunión en A Pomba?

–Últimamente habían ido mal un par de cosas y Cendán pedía una fuerte inversión para poder resarcirnos. Yo ya no quería eso, siempre he sido partidario de seguir con el tabaco, pero Cendán estaba muy empeñado y necesitaba dinero...

Mario se calló al oír que llamaban a la puerta. Quedó con los ojos clavados en los de Mauro, quien se levantó con el veintiocho en la mano y le hizo un gesto para que se levantase él también. Le indicó que se arrimase a la puerta y se colocó detrás de él. Después asintió con la cabeza y Mario preguntó.

–¿Quién es?

–Soy Severo, Mario. Abre.

El hombre miró a Mauro que le dijo en voz baja al oído:

–Abre con cuidado y dile que pase.

Abrió un poco la puerta que, empujada con fuerza desde afuera, tiró a Mario contra el joven y los dos cayeron al suelo. El revólver de Mauro saltó por el aire y fue a caer debajo de la mesa. En medio de la habitación, Severo y el calvo de la mano escayolada, cada uno blandiendo una automática en la mano, barrían con ella toda la estancia en busca de más gente.

–Los dos muy quietecitos ahí en el suelo –les dijo Severo mientras el calvo se arrodillaba para registrarlos.

–Limpios los dos, Severo –respondió el calvo.

–Está bien, los dos sentados en el suelo y con las manos por delante de las rodillas –ordenó Severo yendo a ponerse en el lugar que antes ocupaba Mauro en la silla de detrás de la mesa–. Espera fuera –dijo dirigiéndose al calvo que salió cerrando la puerta detrás de sí.

Cuando estuvo acomodado se dirigió a Mario diciendo:

–Tú te vas a sentar en el sofá –y después dirigió su mirada a Mauro–. Tú quédate donde estás que te quiero ver bien. Así, si noto que haces algo que no me gusta, te meto un tiro entre ceja y ceja. ¿Qué has venido a hacer aquí?

–He venido para preguntarle a éste todo cuanto tú me dijiste ayer que le preguntase –respondió Mauro sabiendo que metía una cuña entre los dos hombres.

–¿Qué te ha dicho? –preguntó, ahora dirigiéndose a Mario.

–Primero dime tú qué le has dicho a él, que ya sabe tanto como yo –respondió el barbado.

–Déjate de historias y dime qué le has contado.

–Contar, me ha contado hasta cosas que tú no sabes. Por ejemplo, ¿sabes que este tipo ha matado a Merexildo?

–Yo no he matado a nadie –le cortó rápido Mario al mismo tiempo que recibía una fulminante mirada de Severo.

–¿Qué dice este tío? –preguntó Severo–. ¿Que está muerto Merexildo?

–Y bien muerto, lo he visto yo –respondió Mauro–. Lo vimos éste y yo.

–Yo he visto hoy la noticia en el periódico.

Ahora Severo miraba alternativamente a uno y a otro, asistiendo al diálogo con asombro.

–El periódico no dice nada de la muerte de Merexildo, porque a las cinco de la mañana todavía nadie sabía que Merexildo estaba muerto excepto yo, las mujeres que vivían en la casa donde lo han matado y quien lo ha matado, que has sido tú.

Mario fue a negar de nuevo, pero Severo ya dirigía hacia él la mirada que salía de la fina raya azul que los ojos le dibujaban en el rostro.

–¿Tú qué dices? –le preguntó el matón.

–El muerto que tenía que estar allí debería de ser yo –comenzó a hablar Pena con la cabeza baja–. Merexildo me llamó varias veces diciendo que era el momento de hacernos los dos con el negocio y me citó en aquella casa. Fui allí con la intención de saber qué era lo que él sabía. Me contó que estaba enterado de que pensábamos adquirir una cantidad grande y que ahora, que ya había muerto Cendán, él ocuparía su lugar. Yo tenía que convencerte a ti y a Mendaña para que él entrara en el negocio. Después yo conseguiría que la entrega se hiciera por otro sitio distinto un día antes, así él cortaría con anterioridad la mercancía. Con la parte que retendría, negociaríamos él y yo. Le dije que no me interesaba. Entonces sacó un arma y me amenazó con ella, diciendo que me mataría. Después os diría a vosotros que el plan que me acababa de contar había sido yo quien se lo había propuesto y que por eso me había matado. Yo fui más listo y quien murió fue él.

–Pues éste hace un rato pretendía colocarte a ti el fiambre de Merexildo –dijo Mauro dirigiéndose a Severo.

–Tú calla. Cuanto más tiempo estés callado más vas a vivir.

Después se acercó al lugar donde permanecía sentado Mario Pena y lo miro fijamente.

–Tú eres un mierda que has echado todo a perder, incluso tu propio pellejo. ¡Imbécil! ¿Por qué no me dijiste lo que pretendía Merexildo? No, no me respondas –le cortó–. Seguramente porque todo cuanto acabas de decir sucedió al revés y eras tú quien nos quería meter el pufo. Merexildo sabía muy bien que conmigo no se juega y que su trabajo era cortar y cobrar y que el tuyo era adquirir la mercancía, nada más.

Mario Pena estaba pálido como un muerto, cuando habló le temblaban los labios.

–Severo, palabra que todo fue tal y como te lo he contado. Deshazte de este mequetrefe y sigamos adelante con el negocio. Va a ser el más grande que va a pasar por nuestras manos.

El matón le arreó una bofetada que lo tiró contra el respaldo del sofá. A continuación metió las manos en el bolsillo de la chaqueta y sacó un silenciador que enroscó en el cañón de su automática. Mario, casi acostado en el sofá, metió la mano en el espacio entre el respaldo y el asiento y la sacó armada con una Astra del nueve largo. El estallido del arma de Pena fue como un cañonazo en un garaje, y en el costado izquierdo de Severo se dibujó un círculo rojo que aumentaba su diámetro a cada centésima de segundo que pasaba. El arma del matón soltó dos sonidos huecos. El primer tiro le atravesó la garganta a Mario y lo tumbó en el sofá. El segundo, cualquiera diría que simultáneo con el anterior, le emborronó el bigote de sangre.

Mauro saltó hacia la mesa y recuperó su veintiocho cuando ya Severo lo buscaba por el cuarto. Lo localizó cuando se metía detrás de la mesa y disparó en aquella dirección sin alcanzarle. La puerta, fuertemente empujada desde afuera, se abrió de par en par y se presentó el calvo en la estancia.

Comenzaron a escucharse voces por el pasillo que se acercaban al despacho. Severo y el calvo se miraron.

–¡Vámonos de aquí! –gritó Severo corriendo hacia el hueco de la puerta seguido del calvo.

Las primeras personas que doblaban el ángulo que formaba el pasillo fueron empujadas por las armas de los matones y obligadas a meterse en el despacho del abogado. El calvo, antes de cerrar la puerta les gritó:

–Al primero que asome las narices por la puerta le pego un tiro.

Corrieron escaleras abajo amenazando con las armas a todos cuantos salían de las viviendas del edificio y llenaban las escaleras. Mauro, que pretendía no llamar la atención, no pudo correr detrás de ellos como hubiese querido, sino que tuvo que ir bajando las escaleras mezclado con los más audaces de los curiosos.

Cuando llegó a la calle, ya empezaba a congregarse gente delante del portal. Un hombre pequeño, casi enano, trajeado y acicalado, señalaba con un dedo y decía:

–Eran dos, corrieron hacía allá. Uno de ellos iba sangrando por el pecho.

Mauro echó a correr en la dirección en la que apuntaba el dedo. Ya nada hacía pensar que alguien acabara de ver a dos hombres armados corriendo por la calle. La gente caminaba como si nada. Mauro corría empujando a los que iban en su dirección y tropezando con los que venían en la contraria, cuando los vio atravesando la calle. Severo se apoyaba en el calvo para caminar, nadie se fijaba en ellos mientras se dirigían al aparcamiento subterráneo que, situado debajo de la Praza do Campo, tenía allí su entrada.

Mauro se dio la vuelta corriendo y se dirigió a donde había dejado la moto. Se montó en ella y entró en el aparcamiento por el lugar donde estaba situada la salida. Bajó pegado a la pared de su derecha y comenzó a recorrerlo en busca de los dos hombres. Después de una vuelta entera sin encontrar a nadie, paró y apagó el motor. El silencio casi era total, allí abajo sólo se escuchaba el ruido de la circulación en la superficie. Se quedó en el lugar en el que estaba, sin descabalgarse de la moto y dispuesto a dirigirse hacia donde se escuchase algo.

Sintió el sonido del encendido de un automóvil seguido de dos o tres fuertes acelerones. Puso la moto en marcha y fue hacia el lugar de donde provenía el ruido. No tardó en localizar un Mercedes que a toda velocidad se dirigía a la rampa de entrada. El coche enfiló de lejos la subida, con el calvo al volante y a su derecha Severo.

El ruido fue ensordecedor. El Mercedes y el furgón formaban un solo bloque. Mauro dio la vuelta y se dirigió a la salida del aparcamiento, allí ya no tenía nada que hacer y podía resultar embarazoso tener que darle explicaciones a la policía y mucho más con un veintiocho en el cinturón.

Celso Mendaña vivía en un chalet fuera de la ciudad. El lugar pertenecía a otro ayuntamiento distinto y estaba, en su mayor parte, ocupado por residencias de lujo, propiedad de los que manejaban todos los hilos que gobernaban la vida de la ciudad. No se sabe muy bien si el vivir allí implicaba ser alguien en la ciudad, o pertenecer a la clase dirigente llevaba a vivir en aquel lugar.

Las construcciones eran todas distintas, consecuencia lógica de la propia competencia que se establecía entre los habitantes por conseguir la categoría de *primus inter pares.* Había edificaciones que imitaban a las que se ven en las series norteamericanas de la televisión, casas que pretendían parecerse a las mansiones inglesas del siglo pasado, algunas distribuían sus espacios en diversas alturas que se entrecruzaban, otras tenían puntiagudos tejados alpinos preparados para dejar resbalar una nieve que nunca vieron.

La casa de Celso Mendaña parecía un antiguo pazo del siglo dieciocho. El terreno estaba rodeado por un alto muro de piedra sin más interrupción que la entrada, cerrada con una cancela de hierro que sobrepasaba la altura del muro en un metro.

Mauro dejó la moto al pie del muro y se acercó a la cancela. Un hombre vestido con un mono azul no tardó en aparecer al otro lado de la verja. Traía un rastrillo en la mano.

–¿Qué quieres, chaval? –preguntó desde lejos el hombre.

–Quiero hablar con Celso Mendaña.

–No está en casa –dijo el del mono dando la vuelta para marcharse.

–Vaya adentro y dígale que me manda Severo con un recado urgente.

–Te mande quien te mande, si no está, no está. Vuelve dentro de un rato a ver si ha venido.

–Está bien –accedió Mauro–, pero cuando venga dígale que Pena y Severo están muertos y que quiero hablar con él. Volveré dentro de una hora.

El viejo escuchó lo que Mauro le decía sin dar muestras de especial interés.

–Le daré tu recado –le respondió ya de espaldas al joven.

Mauro regresó a la ciudad y pasó por delante del aparcamiento de la Praza do Campo. Grúas y ambulancias retiraban los restos de las máquinas y de los hombres. Varios coches de la policía estaban parados delante del número doce. Se metió en una cabina telefónica y llamó a la agencia. Salió Micha:

–Mauro –exclamó gritando–, ¿por dónde andas? Llevo toda la mañana queriendo dar contigo y no he sido capaz. ¿Estás bien?

–Estoy, estoy. ¿Qué hay de nuevo?

–Nacho está rabioso. Dice que no volverás a trabajar para él mientras viva y cosas así.

–No te apures, ya estuvo así muchas veces y peor y no pasó nada. Aunque para mí tampoco sería mucha pérdida. Escucha Micha, ¿sabes algo de lo que ha pasado en el aparcamiento de la Praza do Campo?

–Sé. Un par de animales que salían a toda velocidad por la rampa de entrada se empotraron contra un furgón de reparto que entraba. Total, todos muertos.

–¿Seguro?

–Seguro. ¿Por qué?

–Por nada –dijo–. Hasta luego.

Cuando estaba colgando el teléfono, todavía escuchaba la voz de Micha que gritaba:

–Mauro, Mauro, espera, no cuelgues...

Mató el tiempo que le faltaba para cumplir el plazo dado a Mendaña, recorriendo la ciudad en moto.

Cuando el hombre del mono lo vio delante de la verja de la cancela, se acercó y le abrió.

–El señor Mendaña hablará con usted ahora –dijo separándose de la puerta.

Mauro penetró con la moto por el camino que lo llevaba hasta la fachada principal de la casa. Era un camino empedrado de losas con hierba que crecía por entre ellas. Iba despacio y el viejo corría a su lado. Paró delante de la puerta y se apeó. El del mono subió los tres peldaños que separaban la entrada del suelo y llamó. Salió una mujer y hablaron entre ellos en voz baja, después el hombre se dirigió a Mauro:

–Vaya con María. Ella lo acompañará junto a don Celso.

Mauro siguió a la doncella que andaba sin mirar para atrás. Atravesaron un enorme salón y la muchacha se paró delante de una puerta. Llamó con los nudillos antes de abrir un poco. Dijo algo hacia el interior y, abriendo la puerta totalmente, se apartó a un lado.

–Puede pasar –le dijo.

El joven entró en un amplio despacho lujosamente decorado, el suelo estaba cubierto por dos grandes alfombras. A la izquierda de Mauro, una mesa ovalada con ocho sillas alrededor; a la derecha un sofá y dos butacas de cuero separados por una mesa baja con el tablero de mármol; enfrente, en el lugar más alejado de la puerta, una mesa de madera, ante la cual estaba sentado un hombre de algo menos de cincuenta años.

El muchacho escuchó que María cerraba la puerta y avanzó hacia la mesa del fondo de la habitación. Llevaba una mano a la espalda, metida debajo de la cazadora. Cuando estuvo a unos dos o tres metros de Mendaña, sacó el revólver:

–Estoy harto de pelear con tus hombres y de llevarme sorpresas –le dijo–, así que ponte de pie y ven aquí con las manos siempre donde yo las vea bien.

El hombre abrió los brazos, más en un gesto de acogimiento a un recién llegado que de cumplimiento de la orden del muchacho. Rodeó la mesa y se dirigió hacia él.

–Por favor, no es necesaria la violencia –dijo Mendaña–, ya ha habido suficiente violencia para una ciudad tan pequeña como ésta. Estoy seguro de que hablando los dos, comprenderás todo e incluso podemos llegar a entendernos tú y yo.

–Pues mientras tanto siéntate ahí –Mauro le señaló una de las butacas situadas delante de la mesa de mármol y él se sentó en el sofá.

–Mira, chaval, será mejor que hablemos bien claro desde el principio, ahorraremos tiempo, el mío vale mucho. Tú estás aquí después de andar fastidiando todos estos días todo cuanto te han dejado. Las cosas te han salido bien y estás vivo después de que, a tu alrededor, cayesen muertos varios hombres, algunos de ellos aparentemente relacionados conmigo. Incluso es posible que imaginases algunas explicaciones para todo lo sucedido que nadie te va a creer. Estás convencido de que, por un poco que cogiste de aquí y otro poco que te dijeron en otro lado, ya tienes la llave maestra, pero no hay tal, chaval, no hay tal.

–Para empezar sé que tú, junto con Cendán y Pena estabais metiendo mierda, que Merexildo se encargaba de darle un primer corte y después, no sé quién ni cómo, lo colocaba en el mercado. Éstas son cosas que seguro que le interesarán a la policía.

–El asunto no es tan fácil como tú dices. No tengo ni he tenido ningún negocio con Pena, le conocía como conozco a la mayoría de los hombres de la ciudad que se dedican a algún tipo de actividad comercial. También conozco, y mucho, al alcalde –que vive aquí al lado– y no tengo nada que ver con lo que haga en el Ayuntamiento. A Cendán le presté algún dinero y por ahí guardo el documento de reconocimiento de la deuda. No sé, ni se lo pregunté, en qué metió el dinero que me pidió, a mí me llegaba con que me lo devolviera. Ahora seguramente lo he perdido, veremos, por lo menos, si lo puedo deducir de los impuestos.

–¿Quieres decir que no sabías que Cendán tenía negocios con la droga? No me hagas reír.

–No es que no supiera qué negocios tenía, es que no quise ni quiero saberlo. De Pena he escuchado que andaba en el contrabando de tabaco, tampoco es asunto mío.

–¡Ya! –exclamó Mauro con retranca–. Y en el barco os reunisteis los tres para jugar al billar.

–Eso de que yo me reuní con esos señores en el barco, ¿quién lo dice? ¿Quién me ha visto?

Mauro empezaba a darse cuenta de que estaba ante un hombre a quien difícilmente se le podría pillar en un renuncio. Sabía cortar todos los canales de comunicación que lo pudieran relacionar con sus socios. No tenía necesidad de hacer nada comprometedor, para eso tenía a Severo que lo mantenía al margen de todo.

–Ya veo que estabas bien protegido. Cendán, Pena y Merexildo están muertos, no hay cuidado de que cuenten lo poco que sabían. Severo, el único que conocía todo el cotarro también está muerto, aunque su fidelidad estaba garantizada por su propio trabajo sucio; lo mismo tiraba a un niño al mar que le rebanaba el cuello a un socio asustado. Ya todo es legal, no tienes nada que temer de nadie, porque nadie es capaz de abrir las nueces sin romperlas y una vez rotas ya no se pueden volver a cerrar.

Mendaña se recostó en el asiento antes de hablar de nuevo.

–Escucha, muchacho, este juego se ha acabado. Has llegado al final y ya no da más de sí, si estás aquí es porque no puedes ir a la policía con tus suposiciones. Te echarían fuera de una patada en el culo. Y puestos a suponer, aunque todo cuanto digas fuese cierto, nadie va a poder demostrarlo nunca.

–Si esto es un juego de suposiciones, también la policía puede suponer que Cendán y Pena eran tus corredores y tú el inversor. ¿Qué tal voy?

–En todos mis negocios con Pena y con Cendán nunca he sabido en qué invertían el dinero que les entregaba.

Cendán aceptó y firmó préstamos que garantizaban que no se perdiera la inversión.

–Pero tú –siguió Mauro en el juego–, ¿tendrías que dar conformidad a cada negocio antes de invertir en él?

–No me preocupa nada de nada mientras no haya pérdidas fuertes.

–Ya entiendo. Por eso se celebró la reunión en A Pomba. Las cosas no iban bien y estabas cabreado. Inesperadamente apareció el chaval y Severo lo mató, había que eliminar testigos. Aquella noche Cendán traía la propuesta de una gran operación que te calmara. Claro que después hubo que deshacerse de él, no sé si porque se asustó con la muerte del crío o porque la operación que os prometía era una trampa.

–Tú sigues jugando a suponer, pero yo tengo que cuidar de los intereses de otros que están por encima de mí, así que aquí acaban las suposiciones.

–¿Quieres decir que tú no eres la punta del iceberg?

–Eso ni suponiéndolo. Siempre hay alguien por encima de casi todos.

Mauro tardó un instante en volver a hablar:

–No sé cómo, pero todavía encuentro sorpresas en toda esta mierda. He corrido noches y días detrás de unos pobres desgraciados pensando que iba a dar con la salida del laberinto y ahora vienes tú a decirme que sólo estoy en la entrada.

–Muchacho, ¿y a ti qué más te da todo este asunto? Yo también sé algo de ti y no se puede decir que te distingas precisamente por tu amor a la ley. Tus colegas son todos pendangas, delincuentes y drogadictos. En el periódico vienen cada día robos y atracos que cometen tus amigos, tú sabes quién lo hizo, pero no se conoce que los denunciases nunca. Tienes la casa llena de cosas que huelen desde lejos a producto de robo. Trabajas con un desgraciado sin escrúpulos y ahora te pones a jugar a defensor de la ley. ¿Por qué no dejas que corra el mundo?

–Eso justamente es lo que quiero, dejar que corra el mundo, pero habéis sido vosotros los que os habéis cruzado en mi camino al matar a un pobre infeliz que no os podía hacer nada, porque no sabía nada. Sois vosotros los que os habéis cruzado en el camino de los demás, de esos delincuentes y drogatas a los que tanto despreciáis porque se comportan como esperáis que se comporten, atracando, robando y prostituyéndose para comprar una dosis. Y al final, a la hora del reparto, los beneficios serán para vosotros y para ellos la mierda y la miseria.

–Siempre habrá alguien que lo haga a pesar de que tú te pongas como te pongas.

–Ya sé que sólo he conseguido incordiarte un poco. Pronto tendrás a otro Severo que te proteja y gente como Pena y Cendán hay en esta ciudad de mierda toda cuanta se quiera.

Mendaña se levantó, se colocó detrás de la butaca y apoyó las manos en el respaldo.

–Esta conversación ya no da más de sí, amigo –dijo–. Te he dejado hablar cuanto has querido e, incluso, hacer acusaciones muy graves en mi contra que nadie puede probar. Ahora será mejor que salgas de esta casa, el juego de las suposiciones ha terminado y yo soy un hombre honrado que todavía puede acudir a la policía porque un joven con una pistola ha entrado en mi domicilio para atracarme. A no ser que me vayas a pegar un tiro.

Mauro también se puso de pie y, guardando el revólver a la espalda, le respondió:

–No te voy a pegar un tiro, no tengas miedo, pero siempre le cuento todo a mis amigos y no digo que un día no se presente aquí uno cualquiera con un mono que no pueda soportar y haga cualquier locura.

Mendaña no dijo nada y Mauro se dirigió hacia la puerta del despacho. Antes de salir, se dio la vuelta hacia el hombre y le dijo:

–¿Sabes? No he fracasado totalmente. Hasta hace muy poco tiempo entraría en una casa como ésta algo amedrentado, ahora os he perdido el respeto.

La moto corría hacia la ciudad llevando al joven que todavía daría muchas vueltas por las calles antes de apearse.